ΑF279861

Hermann Frederik Ewald

Caroline Mathilde

Historischer Roman. Band 1

Deutsch von Nadine Erler

Das dänische Original erschien 1908 unter dem Titel
Caroline Mathilde. Historisk Roman af H. F. Ewald im Jacob
Erslevs Forlag in Kopenhagen.

Inhaltsverzeichnis

1. Ein Triumvirat

Es war ein schöner, ruhiger Abend Ende April im Jahre 1768. Die untergehende Sonne warf ihre Strahlen auf den breiten, blanken Strom der Elbe und über die Anhöhe im Norden, wo Altonas Kirchturm und lange Häuserzeilen im Abendrot leuchteten. Über der alten Stadt hing ein Purpurschleier, der alle Mängel verhüllte, und alle Fenster funkelten wie Rubine.

Ein kleines Haus mit einem Garten nahe am Ufer bekam seinen Teil des Glanzes ab, und das war auch dringend nötig. Es war ein niedriges Gebäude mit zu hohem Dach und breiten Fenstern mit kleinen Sprossen. An den dunkelbraunen Mauern rankte sich Wilder Wein empor und gab dem Haus ein freundlicheres Aussehen. Man dachte unwillkürlich an einen reichen Blätterwuchs, der die alte Hütte zu einer Gartenlaube machen würde.

Das Haus hatte keine Tür, die zur Straße führte; die Fassade war dem Fluß zugewandt, und man mußte durch den Garten, wenn man es betreten wollte. Es kehrte seiner Umgebung den Rücken, und über dem Gartentür stand in goldenen, schmiedeeisernen Buchstaben sein Name: *Solitude.*

Der Gedanke lag nahe, daß hier ein Mensch, der der Welt überdrüssig war, Zuflucht gefunden hatte. Hier konnte er in seiner Einsamkeit über die Unbeständigkeit des Glücks und die Wechselhaftigkeit aller Dinge grübeln.

Doch nun trat der Bewohner aus der Tür, und sein Anblick vertrieb sofort alle solchen Vorstellungen. Es war ein hochgewachsener, kräftiger Mann mit roten Wangen und funkelnden, großen blauen Augen. Er war erst knapp über dreißig und sah jünger aus. Er trug einen langen hellgrauen Mantel, der ihm fast bis zu den Füßen reichte, seine Kniehosen und Seidenstrümpfe verbarg und nur seine Schuhe sehen ließ.

Er trug keine Kopfbedeckung, und das helle Haar war aus der hohen Stirn gekämmt. Seine Züge konnte man nicht schön nennen, denn die gebogene Nase war lang, der Mund klein, das Kinn rund und gespalten, der Unterkiefer zu schmal und kurz. Doch es war ein ausdrucksvolles, geistreiches Gesicht, und der kluge, wache Blick stand in eigenartigem Gegensatz zu dem jugendlichen Aussehen.

Als er über die Schwelle getreten war und die Tür hinter sich geschlossen hatte, blieb er einen Moment stehen und starrte auf das Türschild. Da stand sein Name: Johann Friedrich Struensee, Stadtarzt[i]. Danach warf er einen Blick auf das Motto des Hauses – *Solitude* –, warf den Kopf zurück und ging schnellen Schrittes durch den Garten zum Bollwerk hinunter. Dort blieb er stehen und schaute auf den Fluß hinaus. Er sah den blanken Strom, die grünen Inseln und die langsam vorbeigleitenden Schiffe, die alle Segel gehißt hatten, um die matte

Abendbrise einzufangen. Es war ein schönes Bild, doch seine Miene zeigte keine Freude über die Natur; er schaute in sich gekehrt und sehnsuchtsvoll drein. War der Fluß mit den Schiffen, die im Abendrot leuchteten, für ihn nur ein Symbol für etwas, das er im Geiste sah? Zog es ihn ebenso wie sie aus dem sicheren Hafen auf den großen Ozean hinaus, um sein Glück dort zu versuchen?

Plötzlich wurde er in seinen Träumen gestört; hinter ihm ertönten feste Schritte und das Klirren von Sporen. Er drehte sich um und sah einen hochgewachsenen, vornehmen Herrn in einem feinen Pelzmantel und einem Hut mit goldverzierter breiter Krempe auf dem gepuderten Kopf.

Verblüfft erkannte er seinen alten Freund, den zwanzig Jahre älteren Generalleutnant Graf Carl Otto Schack Rantzau-Ascheberg[ii]. Mit gemischten Gefühlen musterte er den Aristokraten, der einen berühmten Namen trug und Erbe ausgedehnter Ländereien war. Seine Gedanken spiegelten sich auf seinem Gesicht wider, und er rief mit verlegenem Lächeln:

„Sie hier, lieber Graf, welche Überraschung!"

„Doch wohl keine unangenehme?" fragte der Graf schnippisch und ergriff Struensees ausgestreckte Hand.

„Es freut mich", erwiderte Struensee ernsthaft, „daß Sie sich Ihre gute Laune bewahrt haben und noch scherzen können."

Es steckte viel hinter diesen wenigen Worten, und während Struensee sie aussprach, zog eine lange Reihe Erinnerungen durch sein Gedächtnis. Er dachte daran, wie Rantzau-Ascheberg vor sechs Jahren plötzlich in Altona aufgetaucht war. Er kam aus Petersburg und war vollkommen ruiniert. Schon bei dieser ersten Begegnung hatten Rantzaus lebhafte, geistreiche Redekunst und sein diabolischer Humor Struensee gefesselt; zu seiner Überraschung hatte sich gezeigt, daß sie eine ähnliche Lebenseinstellung hatten, denn der Graf schien trotz seiner vornehmen Herkunft eine klare Sicht auf die Menschen und die Verhältnisse zu haben und sich ebensowenig von Vorurteilen und Prinzipien beeinflussen zu lassen wie Struensee selbst.

Die vielen Erfahrungen des adligen Abenteurers hatten ihm imponiert, und die Schmeicheleien, mit denen Rantzau ihn überschüttete, indem er bei jeder Gelegenheit seine Bewunderung für seine Kenntnisse und sein Talent beteuerte, hatten ihn geblendet. Allerdings hörte er viele skandalöse Gerüchte über die Jugend des Grafen, die angeblich wild und ausschweifend gewesen war. Er war mit einer Sängerin durchgebrannt, hatte seinen Posten als Oberst der

6

Leibwache der Königin verloren und war von seinem eigenen Vater, dem alten Grafen Hans[iii], verstoßen worden. Danach war er in die französische Armee eingetreten und ein paar Jahre verschwunden gewesen, bis er in Petersburg auftauchte. Dort hatte er eine seltsame Rolle gespielt. Er war in die Verschwörung gegen Zar Peter III. verwickelt gewesen, hatte sich jedoch so ungeschickt angestellt, daß er trotzdem bei Zarin Katharina II. in Ungnade gefallen war, und zwar so sehr, dass die Zarin der dänischen Regierung noch die Zusage abzwang, daß der König Rantzau-Ascheberg nie mehr beim Hof empfangen würde.

All das, was zum Teil durch Rantzaus eigene Erzählungen bestätigt wurde, störte Struensee nicht, und die vielen Liebesabenteuer, die Rantzau erlebt hatte, machten den Grafen in seinen Augen noch interessanter. Jedoch erzählte man sich noch schlimmere Dinge, die den Grafen zum Hochstapler und Betrüger stempelten, doch das wollte Struensee nicht glauben. Sie wurden also enge Freunde und unterstützten sich gegenseitig – Rantzau verschaffte Struensee adlige Patienten, und Struensee lieh dem Grafen Geld, obwohl er selbst verschuldet war; ja, als Rantzau vor zwei Jahren bei der Thronbesteigung Christians VII.[iv] beschlossen hatte, sich wieder in Kopenhagen zu zeigen und einen neuen Einsatz im Glücksspiel des Lebens zu wagen, streckte Struensee ihm das Geld für die Reise vor. Der Graf gewann das Spiel, er trieb es weiter, bis er General in Norwegen wurde, doch er fiel zum Teil aus eigener Schuld bald wieder in Ungnade, wurde unehrenhaft entlassen und „weggelobt", indem man ihn zum Kommandanten in Glückstadt ernannte.

Was das Wiedersehen mit Rantzau für Struensee unbehaglich machte, war erstens die Tatsache, daß der Graf nie Miene gemacht hatte, das geliehene Geld zurückzuzahlen, und zweitens, daß der Graf ein Versprechen gebrochen hatte, das er ihm gegeben hatte. Sie hatten nämlich Folgendes vereinbart: Wenn einer von ihnen jemals Einfluß erlangen sollte, würde er den anderen dabei unterstützen, ebenfalls nach oben zu kommen. Also war das Darlehen, das Struensee seinem adligen Freund gewährt hatte, keine ganz uneigennützige Hilfe gewesen. Seine Erwartungen waren jedoch bitter enttäuscht worden; Rantzau hatte ihm nicht das kleinste Lebenszeichen zukommen lassen und schien ihn ganz vergessen zu haben, ebenso wie seine Schulden und sein Versprechen. Und nun tauchte er plötzlich auf und sah aus, als habe er ein gutes Gewissen.

Trotzdem empfand Struensee bei dem Wiedersehen etwas von dem alten Zauber. Was für ein gutaussehender, einnehmender Mann Rantzau war! Die Adlernase war edel geformt, und der schöne Mund und das etwas vorstehende Kinn verliehen seinem Gesicht eine männliche Prägung. Dieser Eindruck wurde nicht durch einen Bart beeinträchtigt; denn die Mode der Zeit war ja eine Feindin allen natürlichen Haarwuchses, die Gesichter waren glatt rasiert und die Köpfe von Perücken bedeckt; allerdings sah man letztere immer seltener, und sie wurden auch kleiner. Die Augen des Grafen glänzten noch ebenso wie früher, doch ihr Blick war auch noch genauso unsicher, und die Falten auf seinen markanten Zügen hatten sich vertieft. Während Struensee in diese Betrachtungen versunken war, platzte Rantzau heraus:

„Warum starren Sie mich so an? Finden Sie, daß ich alt geworden bin?"

„O nein", antwortete Struensee, „die flüchtigen Spuren, die Widrigkeiten und Ärgernisse auf Ihrem schönen Gesicht hinterlassen haben, werden sicher schnell verschwinden, wenn das Glück zurückkommt und die Göttin Ihnen mit ihrer verjüngenden Hand über die Wange streicht."

„Ja, das Glück", sagte Rantzau in bitterem Ton, „davon können Sie reden! Ich gratuliere zur Beförderung. Nur deshalb bin ich gekommen."

„Danke", sagte Struensee, „also haben Sie die Neuigkeit schon gehört."

„Ja", sagte Rantzau mit vielsagendem Lächeln, „ich habe noch Freunde in Kopenhagen, die mich über alles auf dem laufenden halten. Also nahm ich mich zusammen und setzte zum erstenmal seit meiner Ankunft in Glückstadt den Fuß aus diesem verwünschten kleinen Dänischen Wohld. Ich muß Ihnen die Hand schütteln und Ihnen zur Beförderung gratulieren."

„Das ist nett von Ihnen", antwortete Struensee, „aber ich betrachte meine Ernennung zum Reisearzt des Königs nicht als Beförderung – Leibarzt dritten Ranges und auch das nur befristet! Meine Stellung als Arzt hier brachte mir größeres Ansehen, aber ich sehnte mich nach Neuem und verspürte den Wunsch, mir die Welt anzusehen. Das kann ich nun ohne Kosten verwirklichen – *voilà tout!*"

„Sagen Sie das den Dummköpfen", platzte Rantzau heraus und machte eine heftige Handbewegung, „aber nicht mir, Ihrem alten treuen Freund, der Sie in- und auswendig kennt! Haben Sie unsere vertraulichen Gespräche in alten Zeiten vergessen? Ich weiß, daß Sie immer den Kopf voll kühner, ehrgeiziger Pläne hatten. Ein Posten bei Hofe, Struensee, ist wirklich eine große Chance für einen Mann wie Sie."

Struensee hatte die vertraulichen Gespräche nicht vergessen, doch er fragte sich, inwieweit er sich auf die Freundschaft, die der Graf erwähnte, verlassen konnte; er hatte ja seine Gründe gehabt, daran zu zweifeln.

„Sie haben den Vogel abgeschossen", fuhr Rantzau fort. „In vierzehn Tagen kommt der König und nimmt Sie mit auf die große Auslandsreise, die Holck^v zu seinem eigenen Vergnügen arrangiert hat; doch während der Günstling sich amüsiert und Geld verschwendet, werden Sie jeden Tag mit dem König zusammensein. Können Sie sich eine bessere Gelegenheit für einen Mann Ihrer Begabung vorstellen, sich zu profilieren?"

„Sie sind ein Meister im Schmeicheln", antwortete Struensee, der doch offenkundig Gefallen an der Schmeichelei fand, „aber möchte der Graf nicht hereinkommen?"

„Danke", sagte Rantzau, „das war wirklich meine Absicht, und obendrein möchte ich gern bei Ihnen zu Abend essen, wenn es Ihnen paßt."

„Bewahre", sagte Struensee, „Graf Rantzau-Aschebergs Anwesenheit ist immer eine Ehre für mein bescheidenes Haus!"

„Wie bescheiden", sagte Rantzau, als sie auf das Haus zugingen, „wozu Komplimente zwischen uns beiden alten Freunden? Glauben Sie, ich hätte die vielen fröhlichen Stunden vergessen, die ich mit Ihnen in dieser Hütte verbracht habe? Es war wirklich ein Tempel der Freude für alle Ihre Freunde und ebenso für Ihre zärtlichen Freundinnen."

„Ja", sagte Struensee mit schwärmerischem Blick, „ich liebe diese alte Heimstatt, die ich nun verlassen werde; es ist mein *joli cœur*. Werde ich jemals hierher zurückkehren, um meine eigenen Trauben zu ernten? Ich habe glücklich hier in der guten Stadt Altona gelebt, die Götter haben es mir gegönnt, viele Becher des Vergnügens bis zur Neige zu leeren."

Seine Augen wurden feucht, denn er war dicht am Wasser gebaut. Er war so bewegt, als ob die neuen Freuden, die er anstrebte, so unschuldig wie die eines Kindes gewesen seien. Man merkte ihm nicht an, daß wegen seines ausschweifenden Lebenswandels die Verdammung seines gottesfürchtigen Vaters[vi], des alten Superintendenten, schon seit zehn Jahren über ihm schwebte und daß seine fromme Mutter[vii] um ihr verlorenes Kind geweint hatte.

„Nun", antwortete sein alter Freund munter, „dann ist es ja gut, daß Sie fortan aus edleren Bechern trinken werden."

Sie gingen hinein und saßen bald an einem reich gedeckten Abendbrottisch. Außer anderen guten Sachen stand eine Schüssel mit Hummern zwischen ihnen, und in den hohen Gläsern perlte der Rheinwein.

„Ich sollte diese Kreaturen nicht verzehren", sagte Rantzau mit einem sehnsüchtigen Blick auf die Hummer, „sie sind unverdaulich."

„Sie haben eine lange, anstrengende Reise hinter sich", antwortete Struensee, „und können es darauf schieben. Macht die Gicht Ihnen immer noch zu schaffen?"

„Ja", antwortete Rantzau, „meine Gesundheit läßt nach, aber Ihre nicht! Sie strotzen vor Gesundheit, ich beneide Sie um Ihre Jugend. Das war mein selbstsüchtiger Gedanke, als ich kam und Sie im Garten antraf, mit einer dünnen Jacke und ohne Kopfbedeckung, sogar ohne Perücke in der kalten Abendluft – das sollte ich mir einmal erlauben!"

„Nun, lieber Graf", antwortete Struensee, „ich merke auch, daß ich meiner Lebenskraft viel zugemutet habe, aber ich habe eine gute Verdauung. Meine Bedenken gegen den Verzehr von Hummern und anderen Tieren sind anderer Art. Ich werde den Gedanken nicht los, unter welchen Qualen diese armen Geschöpfe ihr Leben gelassen haben. Aber dann denke ich, daß diese Meeresbewohner vielleicht einst grausame Spanier in Mexiko oder fanatische Inquisitoren in Goa waren, und dann gehe ich unverzagt auf sie los!"

„Also glauben Sie immer noch an Seelenwanderung", sagte Rantzau und nahm sich den größten Hummer. „Sie sind ganz der Alte, immer philosophieren Sie und machen Gedankenexperimente, aber diese Idee, mein lieber Physikus, ist wirklich alles andere als geschmackvoll. Es ist eine schreckliche Vorstellung, einen luftgetrockneten Spanier oder einen verfetteten Mönch zwischen den Zähnen zu haben!"

„Oh", sagte Struensee, „ich könnte Menschenfresser werden vor Verbitterung über all die Unterdrückung, den geistigen Zwang und die Verfolgung, derer die zweibeinigen Herren der Schöpfung sich schuldig machen. Welchen Stellenwert haben die Menschenrechte in den Gedanken der Fürsten und ihrer Minister, dieser alten Perücken?"

Er sprach mit Ernst und funkelnden Augen. In ihm steckte ein idealistischer, felsenfest überzeugter „Macher", er verspürte einen brennenden Durst danach, die Ideen des aufgeklärten achtzehnten Jahrhunderts zum Leben zu erwecken, und er hatte den ehrlichen Wunsch, die Gesellschaft zu reformieren und zu verbessern.

Sein gräflicher Freund stimmte sofort zu. Zwar war ihm nichts auf der Welt so gleichgültig wie die Menschenrechte, und es hätte ihm keine grauen Haare wachsen lassen, wenn sein teurer Freund Struensee von einem Inquisitionstribunal verurteilt und als Ketzer auf dem Scheiterhaufen verbrannt worden wäre, doch es lag in seinem Interesse, Struensees Selbstvertrauen zu stärken und seinen Ehrgeiz anzufachen. So bankrott, wie er war, ruhte seine ganze Hoffnung auf Erhöhung allein auf Struensee.

Seine Phantasie war kühn, und in Rußland hatte er gelernt, wie man Hofintrigen schmiedet. Er sah schon im Geiste vollendet, was in Struensees Gedanken noch eine ferne Möglichkeit war. Er ließ Struensee sein Steckenpferd reiten und hörte sich eine Weile geduldig die Entwicklung der staatsmännischen Ideen seines Gastgebers an. Schließlich machte er jedoch einen Einwand, um zur Sache zu kommen. Er war nicht aus Freundschaft gekommen, sondern um Struensee in seinem eigenen Interesse auszunutzen. Er wollte Struensee gründlich mit den Verhältnissen bei Hofe vertraut machen und ihm einen Leitfaden für seine neue Laufbahn an die Hand geben, damit er Fehler vermeiden würde.

„Ich habe keinen Zweifel, Struensee", sagte er. „Wenn Sie die Macht bekommen, Ihre philantrophischen Ideen zu verwirklichen, werden gute, menschenfreundliche Gesetze sprießen wie Blumen im Frühling. Das Land braucht einen Mann, der den alten, verschlissenen Regierungsapparat erneuern kann. Sie kennen meine Meinung über Bernstorff[viii]; er ist eine Nachtigall; er läßt sich von den vielen Abenteurern, die er ins Land ruft, an der Nase herumführen, und sein diplomatischer Lorbeer ist verwelkt. Nur um den oldenburgischen Machtwechsel zu bewerkstelligen, hat er den Thron entehrt und aus Dänemark einen Vasallenstaat Rußlands gemacht. Und trotz aller Unterwerfung und allem Geld, mit dem die russischen Diplomaten überschüttet wurden, hat er nicht mehr erreicht als eine unverbindliche Absichtserklärung."

„Ja", sagte Struensee, „wenn die Leitung der auswärtigen Angelegenheiten in Ihre Hände gelegt würde, würde ein anderer Wind wehen; aber Leidenschaft ist in der Diplomatie gefährlich, und Sie hassen die Zarin Katharina von Rußland."

„Oh", erwiderte Rantzau, „wenn ich Macht und Verantwortung hätte, so würde ich meine persönlichen Gefühle zurückstellen und nur an das denken, was dem Wohle des Staates dient; aber bis zum Ziel ist es noch ein ganzes Stück. Wir müssen versuchen, Bernstorff zu stürzen, Struensee!"

„Bernstorff stürzen?" rief Struensee aus.

„Natürlich", antwortete Rantzau. „Wir sollten diese Angelegenheit weiter erörtern; und jetzt wird es nicht mehr um bloße Phantasien gehen wie in den alten Zeiten, als wir politisiert haben. Aber sagen Sie einmal – Ihr Wolff lauert doch bestimmt im Vorzimmer? Er ist ein echter Lakai, hat lange Ohren und eine lose Zunge."

„Sagen Sie nichts Schlechtes über meinen Wolff", antwortete Struensee, „er ist Gold wert."

„Mit einem starken Zusatz weniger edler Metalle", sagte Rantzau; „aber es wird sich zeigen: Wenn Sie jemals Minister werden, ernennen Sie Carl Wolff zum Landrat. Erinnern Sie sich noch an Ihren einstigen Haß auf den Lakaismus?"

Und dann zitierte er einen Vers, den Struensee geschrieben hatte und der in einer Zeitschrift erschienen war, die Struensee zu seiner Zeit herausgegeben hatte. Rantzau hatte selbst einen Beitrag geleistet.

„An die Fürsten.

Ihr heißt mit Recht die Götter unsrer Erde,

Denn Ihr erschafft — oh schöne Tat!

Ihr sprecht nur ein allmächtig: Werde!

Schnell wird aus dem Lakai ein Rat."

Struensee lachte und ging ins Vorzimmer. Dort traf er seinen Diener an, der eifrig mit den Resten der Mahlzeit beschäftigt war, die er gerade hinausgetragen hatte.

„Bist du jetzt satt, mein Sohn?" fragte Struensee mit einem Lächeln.

„Einigermaßen", antwortete Wolff ohne die geringste Verlegenheit.

„Dann stopfe Pascha und Fatima und bring sie uns", sagte Struensee.

So hießen seine beiden besten Meerschaumpfeifen. Sowohl er als auch Rantzau waren starke Tabakraucher und hatten in früheren Zeiten so manche gute Pfeife miteinander geraucht. Als die Pfeifen da waren und Wolff jedem Herrn einen Fidibus gegeben hatte, sagte Struensee: „Der Graf bleibt heute Nacht hier. Sag Dorothea, daß sie das Gästezimmer herrichten und ein kleines Feuer im Ofen machen soll. Wenn das erledigt ist, geh ins Bett."

Wolff ging hinaus. Struensee folgte ihm und drehte den Schlüssel in der Tür um, die zum Küchengang führte. Als er zurückkkam, sagte er:

„So, mein lieber Graf, jetzt sind wir vor Lauschern sicher. Wollen Sie mir Staatsgeheimnisse anvertrauen?"

„Nein, aber man kann nicht vorsichtig genug sein", antwortete Rantzau, obwohl er manchmal selbst sehr unvorsichtig und gesprächig war. Sie nahmen nebeneinander auf dem Sofa Platz, und nach einer kleinen Pause, in der die Tabakwolken sie einhüllten, sagte Rantzau plötzlich: „Sagen Sie mir, haben Sie einen Eindruck vom Charakter des Königs?"

„O ja", antwortete Struensee, „nämlich den, daß er gar keinen hat – dafür aber sehr viel Geist. Aber er ist erst neunzehn Jahre alt und scheint noch ein richtiger Junge zu sein. Ich habe Seine Majestät das letzte Mal in Ascheberg gesehen, als er Ihren ehrenwerten alten Vater so übel betrogen hat."

„Wie kam das?" fragte Rantzau.

„Nun", fuhr Struensee fort, „der König wollte in Ascheberg zu Mittag essen; aber vorher wollte Ihr Vater mit ihm über die Bodenreform sprechen, die sein Steckenpferd ist. Der König war informiert worden. Er trat schnellen, leichten Schrittes ein, sprach nur ein paar freundliche, aber nichtssagende Worte zu seinem Gastgeber, machte dann auf dem Absatz kehrt, ging so schnell wieder, wie er gekommen war, stieg in den Wagen und fuhr davon."

„Hahaha!" lachte Rantzau. „Ich kann mir die ganze Szene und die Demütigung meines alten Herrn lebhaft vorstellen. Welch eine Torheit, den König mit einer langen Rede zu ermüden, anstatt ihm angenehme Gastfreundschaft zu erweisen und ihn mit fröhlicher Gesellschaft zu unterhalten. Er will sich amüsieren, Struensee, vor allem amüsieren. Er hat so früh und so tief aus dem Becher der Vergnügungen getrunken, daß sich schon jetzt der Lebensüberdruß bei ihm einstellt."

„Nun", antwortete Struensee, „so schlimm ist es auch wieder nicht. Daß er mit Stiefeletten-Cathrine[ix] und Holck zur Parade ging und sich mit den Wächtern schlug, war nur jugendlicher Leichtsinn. Er schlägt jetzt über die Stränge, weil er in seiner Kindheit übermäßig streng behandelt wurde. Die Religion und alles andere wurden in ihn hineingeprügelt – von Hofmeister Nielsen[x] und dem Gouverneur, Graf Reventlow[xi]."

„Nielsen", sagte Rantzau, „hat den König – oder den Prinzen, der er damals noch war – nicht mit Religion, sondern mit Philosophie traktiert; aber das mit dem Prügeln stimmt. Auch die Gräfin[xii] legte Hand an ihn – wenn der Graf müde war, machte sie weiter."

„Ja, ist das nicht bestialisch! Abscheulich!" rief Struensee. „Sie haben ihm jegliches Selbstbewußtsein ausgetrieben, und er mußte sozusagen direkt von der Schulbank und dem Pferderücken auf den Thron steigen. Der gute, arme König! Ich habe tiefstes Mitleid mit ihm."

„Nun", antwortete Rantzau und unterdrückte ein Lächeln, „der König ist der König, und wir lieben ihn so, wie er ist. Ich bin ein genauso guter Patriot wie jeder andere."

Struensee sah auf, und Rantzau schlug bei seinem scharfen Blick die Augen nieder. Es gab böse Gerüchte über die Haltung, die Rantzau während seines Aufenthalts in Petersburg eingenommen hatte. Er wurde beschuldigt, sich bei Dänemarks Todfeind, Zar Kaiser Peter III. aus dem Haus Gottorf, eingeschmeichelt zu haben – indem er ihm in seiner Eigenschaft als holsteinischer Magnat gehuldigt hatte, und das war regelrechter Hochverrat gegen den dänischen König gewesen. Rantzau rauchte einige Augenblicke angelegentlich seine Pfeife und sagte dann:

„Es ist auch nicht schwer, den König zu mögen. Er sieht gut aus und hat ein sehr einnehmendes Wesen. Nur wenige können ihm an Anstand und Grazie das Wasser reichen, sein Lächeln hat etwas ganz Bezauberndes, und sein Witz ist immer schlagfertig. Er hat viel an sich, das ich bewundere; und ich sage das ausdrücklich, damit Sie die weitere Erklärung nicht missverstehen, die ich Ihnen gleich geben werde. Dies geschieht unter strengster Geheimhaltung." Der Graf machte eine Pause und fuhr dann fort: „Sie sagten vorhin, der König habe keinen Charakter, und das stimmt, wenn Sie damit Willen meinten. Aber ansonsten ist er ein seltsames Geschöpf mit sehr viel Charakter. Glauben Sie nicht, daß Sie in ein paar Tagen oder Monaten klug aus ihm werden. Er begeht selbst keine Grausamkeiten, doch er ist nicht zartbesaitet. Er begnadigt niemanden, sondern hat sogar Freude daran, Menschen leiden zu sehen – das hat sich gezeigt, als er sich die Hinrichtung des Mörders Sergeant Mørl[xiii] angesehen hat, der gerädert wurde. Er liebt niemanden, außer vielleicht seinen Hund Gourmand."

„Nun", sagte Struensee, „dann liebt er wenigstens Tiere."

„Nein, auch die nicht", beharrte Rantzau. „Einmal schnappte er sich Zefyr, das Hündchen der Königin[xiv], und schmierte das arme Ding mit einem Zeug ein, durch das ihm die Haare ausgingen, nur um die Königin zu ärgern. Zu ihr kommen wir gleich noch", sagte Rantzau und hob die Hand, als Struensee Miene machte, ihn zu unterbrechen. „Ich will nur noch anmerken, daß der König selbst gesagt haben soll, er wolle nicht geliebt werden, es sei ihm zuwider. Er verabscheut alle, die ihm einen Gnadenbeweis abgerungen haben, er hat Freude an Entlassungen und Stürzen, ein Tag der Ungnade ist immer ein Fest für ihn. ‚Jetzt hat er den Sprung geschafft', sagte er erfreut zu Reverdil[xv], als er den Grafen St. Germain[xvi] entlassen und ihm das Kommando über die Armee entzogen hatte. Außerdem ist ja bekannt, daß er von Anfang an seiner schönen, einnehmenden Gemahlin gegenüber völlig gleichgültig war ...“

„Genug, Graf“, warf Struensee schließlich ein. „Sie malen zu schwarz. Wenn das alles wahr wäre, müßte der König ein regelrechtes Monster sein. Ich glaube nicht die Hälfte davon; aber sagen Sie mir, was Sie von der Königin halten. Ich habe sie gesehen, als sie bei ihrer Ankunft hier an Land ging. Sie ist die schönste Frau, die ich je gesehen habe. Sie hat zwar keine regelmäßigen Züge, aber eine anmutige Gestalt – und was für Augen!“

„Ja“, antwortete Rantzau mit einem vielsagenden Lächeln, „ich kann mir vorstellen, daß sie Ihnen gefallen hat. Sie ist ein lebenslustiges Geschöpf und wird einen Menschen wie Sie auf den ersten Blick erobern.“

„Lassen Sie uns beim Thema bleiben“, beharrte Struensee in scharfem Ton. „Ich habe gehört und glaube, daß die

Oberhofmeisterin der Königin, Frau von Plessen[xvii], die Hauptschuld an dem Unfrieden zwischen den Majestäten trägt. Diese Schlange hielt die beiden voneinander fern, um ihre Macht über die Königin zu bewahren; aber jetzt wurde sie entlassen, und ich denke, alles wird besser. Der König wird sicher noch lernen, seine wunderbare Frau zu schätzen."

„Die Matrosen", sagte Rantzau, „sind anderer Meinung. Ein guter Freund schreibt mir: ‚Neulich, als der König über die Holmenbrücke fuhr, wo einige Matrosen standen, rief einer von ihnen zu ihm in die Kutsche: ‚Du hast eine solche Frau wie Königin Caroline nicht verdient!'"

„Also wirklich!' rief Struensee erstaunt aus.

„Ja", antwortete Rantzau, „wir leben unter einem milden und väterlichen, aber ebenso verwirrten Regiment. Aber es mag sein, daß das Poltern der Kutsche die Worte übertönt und der König sie gar nicht gehört hat."

Struensee saß schweigend in Gedanken versunken da, bis Rantzau plötzlich fragte: „Sagen Sie, Struensee, hatten Sie jemals einen Verrückten in Behandlung?"

„Pah", antwortete Struensee und machte eine abwehrende Handbewegung, „ich weiß, worauf Sie hinauswollen. Ich glaube nicht an das Gerücht von der Geisteskrankheit des Königs. Das verbreiten doch nur seine Feinde."

„Nein", antwortete Rantzau gewichtig, „jetzt sind wir beim Thema! Reverdil war der beste Freund des Königs, den er zu seinem eigenen Unglück entließ und vertrieb. Niemand kannte ihn besser. Bedenken Sie, daß Reverdil seit dessen zwölftem Lebensjahr beim König war, zunächst als Lehrer, dann als Dozent und Kabinettssekretär. Reverdil ist ein guter Freund von mir; wir korrespondieren noch immer. Nun, er hat mir im Vertrauen gesagt, daß die Saat des Wahnsinns von Kindheit an in der Seele des Königs steckt. Was soll man auch sonst glauben, wenn man hört, daß er als Junge in vollem Ernst zu Reverdil sagte: ‚Ich bin nicht Prinz Christian, sondern ein Junge aus Nyboder; Frau Schmettau[xviii] hat mich vertauscht!' Dann will er sich auch noch unbedingt abhärten! Er sticht sich in den Bauch, um zu sehen, ob es funktioniert hat; dann seine Prügelszenen mit Holck, der ihn auf Kommando schlagen muß, und obendrein die Enthauptung. Er kniet sich hin, legt den Kopf auf einen Stuhl und läßt sich von Holck mit einer Papierrolle in den Nacken schlagen; er schaudert und findet Gefallen daran. Das, Struensee, muß ausreichen, um Sie zu überzeugen. Er ist jedoch keineswegs völlig verrückt; noch überwiegen die hellen Momente; er kann seinen wahren Zustand verbergen und die Leute auf die seltsamste Weise täuschen; aber er ist auf dem Weg zum Wahnsinn. Es kann gut sein, daß er lange auf der Grenze balanciert, aber das macht ihn so unberechenbar und den Umgang mit ihm äußerst schwierig. Die frühen Ausschweifungen haben seine Nerven angegriffen, das ist das Unglück; er ist schon als Junge in schlechte Gesellschaft geraten. Jetzt hat er weder Willen noch Prinzipien, sondern nur noch Launen. Er ist leichte Beute für jeden, der ihn für sich einnehmen kann, und da die Königin es leider nicht konnte, geht er von Hand zu Hand wie ein Wanderpokal. Zur Zeit ist er bei Graf Holck."

Struensee hatte seine Pfeife hingelegt, verschränkte die Arme und starrte vor sich hin.

„So", fuhr Rantzau fort, „jetzt sind Sie informiert und wissen, worauf Sie sich einlassen. Ihre Position als Leibarzt des Königs ist so günstig, wie man es sich nur vorstellen kann. Sie haben täglich Zugang zum König und können Ihr Ziel verfolgen, ohne Verdacht zu erregen. Sie müssen nun das Kunststück vollbringen, das bisher allen anderen mißlungen ist – ihn nicht nur für sich einzunehmen, sondern ihn auch so an sich zu binden, daß er Ihnen nicht mehr entkommt. Sie müssen ihn zuerst mit Samthandschuhen anfassen und dann, wenn Sie sich sicher sind, mit eiserner Hand. Bei Ihnen wird der arme König in guten Händen sein, in viel besseren als bisher. Es wird nicht nur zu Ihrem Glück sein, Sie werden dem König und dem ganzen Land einen großen Dienst erweisen."

„Ich danke Ihnen für Ihren Rat, mein lieber Graf", antwortete Struensee in einem Ton, der nicht ganz frei von Gehässigkeit war, „aber meine Haltung gegenüber dem König muß natürlich von den Beobachtungen bestimmt sein, die ich mit meinen eigenen Augen und Ohren mache. Es kann ja sein, daß ich Glück habe. Sagen wir, ich bringe es so weit, daß ich der Leibarzt des Königs werde und ein wenig Einfluß gewinne. Es wäre lächerlich, wenn ein Mann aus dem Bürgertum, wie ich es bin, noch höher hinaus wollte."

„Sie werden Ihre Meinung bald ändern, wenn Sie an den Hof kommen", antwortete Rantzau, „es gibt in ganz Europa keinen Hof, der unserem gleichkommt. Es geht dort zu wie beim Kalifen von Bagdad oder dem Sultan in Istanbul. Bedenken Sie, daß der König über eine Macht verfügt, die sich mit der eines asiatischen Despoten durchaus vergleichen läßt. Sein Reich und Untertanen gehören ihm mit mehr Recht, als ein Pflanzer in Westindien sein Land und seine Sklaven besitzt; und diese große Macht liegt nun in den Händen eines launischen, schwachen Kindes. Wer wagemutig ist, kann unter diesen Umständen alles erreichen." Als Struensee schwieg, fuhr Rantzau fort: „Sie sind nicht aufrichtig zu mir, Struensee; aber ich werde es zu Ihnen sein. Ehrlich währt am längsten."

Struensee sah mit einem Lächeln auf. Das waren seltsame und gewagte Worte aus dem Mund eines so hinterhältigen Mannes wie Rantzau-Ascheberg; aber sein Charakter war eine seltsame Mischung aus Gerissenheit und zynischer Offenheit. Ehrlich war er jedoch selten, es sei denn, es diente seinen eigenen Interessen, und das glaubte er jetzt. Er ignorierte Struensees Lächeln, dessen Bedeutung er sehr wohl verstand, und sagte: „Ich habe mich nicht aus reiner Freundschaft und auch nicht nur um Ihretwillen hierher bemüht. Ich bin der geborene Diplomat und Praktiker, und deshalb sage ich: Wenn Sie das Ziel erreichen und Einfluß gewinnen, denken Sie an mich! Unser altes Bündnis ist doch noch in Kraft? Ich weiß, was Sie sagen werden", fügte er hinzu, „daß ich Sie vergessen habe, als ich selbst für eine kurze Zeit oben schwamm, aber das habe ich wirklich nicht. Der Punkt war, daß meine Position ohnehin machtlos war. Es war schwierig für mich, diese kleine Etappe zu überwinden, dieses verwünschte Kommando in Norwegen, dieses Sibirien. Und Sie haben gesehen, wie kurz der Ruhm währte. Nein, ich *konnte* nichts für Sie tun!"

„Ich will Ihnen glauben", antwortete Struensee, „aber so weit zu kommen, daß *ich* etwas für *Sie* tun kann, dürfte noch schwieriger werden."

„Ich gehe davon aus", sagte Rantzau, „daß Sie sowohl die Intelligenz als auch den Mut haben, das Höchste zu erreichen. Nun geben Sie mir die Hand darauf, daß Sie, wenn das Ziel erreichen, an mich denken und mich rufen lassen."

Struensee konnte dem Schmeichler nicht widerstehen, der seinem rasenden Ehrgeiz Nahrung bot. Er legte seine Hand in Rantzaus. „Ich verspreche es Ihnen!" sagte er und fügte in scherzhaftem Ton hinzu: „Wie könnte ich, wenn ich Premierminister werde, auf die wertvolle Hilfe des Diplomaten Rantzau-Ascheberg verzichten? Sie werden Außenminister, und nun lassen Sie uns diese ganzen Dummheiten mit einem Glas Wein herunterspülen und zu Bett gehen."

Doch in diesem Moment ertönte draußen Lärm; jemand hämmerte gegen die Außentür. Struensee nahm eine der Kerzen, eilte hinaus und öffnete die Tür; Rantzau hörte laute Stimmen aus dem Vorzimmer; die Tür wurde aufgerissen, und ein kleiner Herr in einem weißen Mantel stürmte herein. Auf dem Kopf trug er eine weiße Pelzmütze, und der Pelzkragen umgab ein schmales, gebräuntes, pockennarbiges Gesicht mit einer wohlgeformten Nase, einem vorstehenden Mund und einem langen Kinn, das den Ausdruck des ganzen Gesichts prägte. Seine kleinen schwarzen Augen funkelten, als er auf Rantzau zuging und die Arme um ihn schlang. Der Graf riß sich aus der pelzigen Umklammerung los und rief aus: „Brandt[xix]! Lieber Himmel, wo kommen Sie denn her?"

„Direkt aus Kopenhagen", antwortete Enevold Brandt mit seiner piepsigen Stimme, während Struensee ihm aus dem Mantel half.

„Was um alles in der Welt führt Sie so plötzlich hierher?" fragte Rantzau.

„Ich bin in Ungnade gefallen", antwortete Brandt pathetisch, „gestürzt und verbannt!"

Rantzau lachte und fragte: „Wie haben Sie friedlicher, amüsanter kleiner Mann das denn geschafft?"

„Ich habe etwas getan", antwortete Brandt im gleichen Ton, „was vielleicht nicht einmal Sie gewagt hätten. Ich habe einen Putschversuch gegen Holck unternommen und dadurch die Ehre erlangt, in Ungnade zu fallen; denn es ist in der Tat eine Ehre, wenn einem so etwas in der Günstlingswirtschaft widerfährt, die unseren Hof schändet."

„Ja", sagte Struensee lächelnd, „unser lieber Kammerjunker hat sich nicht den Hals gebrochen, wohl aber sein Assessor. Das oberste Gericht muß nun auf seinen wertvollen Beistand verzichten, und er ist zu einem Nichts zusammengeschrumpft. Aber Sie haben ja Ihre gute Mutter[xx] und Ihren Stiefvater[xxi] im Hintergrund, Brandt!"

Nach dem Tod ihres ersten Mannes[xxii] hatte Brandts Mutter Baron Sölenthal, den Verwalter der Grafschaft Rantzau, geheiratet. Beide waren überzeugte Pietisten, aber Struensee war trotzdem Arzt und Hausfreund der Sölenthals, und dort hatte er seinerzeit Brandts Bekanntschaft gemacht.

„Nein", sagte Brandt, „ich will nicht auf Sölenthals Wohlwollen angewiesen sein. Ich befinde mich in der Tat in einer verzweifelten Lage und brauche dringend göttlichen Beistand; aber den kann ich auch ohne Mamas Einmischung bekommen. Ich möchte Ihnen mitteilen, dass ich hoffe, ein überzähliger Assessor in der Lüneburger Regierung zu werden. Ich fahre erst in ein paar Tagen zu Sölenthals. Ich wollte vorher zu Ihnen kommen, lieber Freund, und Ihnen mein Herz ausschütten; aber es war eine kalte Fahrt in der Kutsche, und ich bin verdammt hungrig. Ich nehme an, Sie haben ein Stück Brot und einen Schluck Wein für mich?"

Wolff wurde geweckt und mußte den Tisch noch einmal decken. Danach wurde er weggeschickt und die Tür hinter ihm wieder fest verschlossen. Sowohl Struensee als auch Rantzau hatten während des langen Gesprächs Appetit bekommen und waren deshalb nicht nur Zuschauer bei Brandts Mahlzeit. Während er aß, erzählte er, und sie erfuhren, daß er zum König gegangen war und Seiner

Majestät einen Vortrag über Holcks Unfähigkeit, Selbstsucht und mangelnden Respekt vor seinem Herrn und König, kurz gesagt, seine völlige Untauglichkeit, gehalten hatte.

„Was hat der König dazu gesagt?" fragte Rantzau, der sich köstlich über diesen Don Quichotte und seinen Kampf gegen die Windmühlen amüsierte.

„Er hat gnädig geantwortet", sagte Brandt. „Meine energischen und, wenn ich es selbst sagen darf, wohlgesetzten Worte, die vor Liebe zu Seiner Majestät glühten, fanden zunächst ein offenes Ohr. Aber am nächsten Tag kam Leibchirurg Berger[xxiii], der Esel, und sagte, der König habe ihm befohlen, mich zur Ader zu lassen, es wäre nötig!"

„Hahaha!" lachte Rantzau, aber Struensee lächelte nur.

„Nun", fuhr Brandt fort, ohne sich um die Heiterkeit der anderen zu kümmern, „es war natürlich nur einer von Holcks kühnen Streichen. Ich nahm keine Notiz davon und schrieb einen Brief an den König, von dem ich glaube sagen zu dürfen, daß er sowohl eines Staatsmannes als auch eines treuen Untertanen würdig war. Die Antwort war jedoch ein Befehl, die Hauptstadt innerhalb von vierundzwanzig Stunden zu verlassen und mich nach Altona zu begeben. Natürlich habe ich gehorcht, und hier bin ich! Es war in der Tat klug von Holck, mich aus dem Weg zu räumen, denn sonst hätte ich ihn gehörig verdroschen.

Nous verrons! Ich gebe noch nicht auf, das sage ich Ihnen!"

„Haben Sie vielleicht eine Abschrift des ausgezeichneten Briefes dabei, den Sie an den König geschrieben haben?" fragte Rantzau mit gespieltem Ernst. „Den würde ich zu gern lesen."

„Nicht nötig", antwortete Brandt, „ich kann ihn auswendig!" Und zur großen Erheiterung seiner Zuhörer trug er nun den ganzen Brief vor, der der Nachwelt erhalten geblieben ist und dessen Schluß wie folgt lautete: „Bestrafen Sie Holck nicht für seine Kühnheit; seine mittelmäßigen Fähigkeiten sind eine Entschuldigung. Guter König, befreien Sie sich! Setzen Sie nicht Europas Ansehen aufs Spiel! Ihre Sterne verheißen Ihnen dessen Ehrfurcht. Die Prophezeiung wird in Erfüllung gehen! Mein Kopf versichert es mir, mein Kopf noch mehr!'"

„Hervorragend!" rief Rantzau, aber Struensee sagte: „Das war eine Dummheit, Brandt, mit dem Kopf durch die Wand zu wollen."

„Mein Kopf ist hart", antwortete Brandt, „wundern Sie sich nicht, wenn ich es noch einmal versuche."

„Bravo!" sagte Rantzau. Aber er hörte bald auf, sich über Brandt zu amüsieren, denn er beglückwünschte nun Struensee zu seiner Ernennung als Reisearzt. Es schien, daß Struensee die gleichen Absichten wie Rantzau hatte.

„Lassen Sie uns einen Pakt schließen, Struensee", sagte er, „mit vereinten Kräften werden wir Holck, diesen Schwachkopf, zu Fall bringen; er soll endlich stürzen!"

Struensee empfand echte Freundschaft für Brandt, und obwohl er sechs Jahre jünger als Brandt war, war er dank seiner geistigen Überlegenheit wie ein älterer Bruder für ihn. Er kannte Brandt gut und sah mehr als einen bloßen Narren in ihm. Er meinte, ein paar Geistesblitze bei ihm entdeckt zu haben, und er hatte Beweise für den persönlichen Mut seines Freundes gesehen, ein Vorzug, den Struensee so hoch schätzte, weil er ihm selbst fehlte. Er lehnte Brandt also nicht ab und hätte sich ihm vollkommen anvertraut, wenn nicht Rantzau dabei gewesen wäre. Außerdem war Brandt ziemlich unsensibel, mischte sich in alles ein und nahm immer die ganze Hand, wenn man ihm den kleinen Finger gab. So gelang es ihm, im Laufe des Gesprächs herauszufinden, was zwischen Struensee und Rantzau vorgefallen war. Nach reichlich Weingenuß rief er schließlich mit roten Wangen:

„Nehmen Sie mich in Ihren Bund auf! Wenn ich mit einem Genie wie Ihnen, Struensee, und einem Magnaten, ausgezeichneten Offizier und erfahrenen Diplomaten wie Ihnen, Herr Graf, verbündet bin, muß ich siegen. Verachten Sie meinen geringfügigen Beistand nicht", fügte er in einem plötzlichen Anfall von Bescheidenheit hinzu, „ich bin zuverlässig, Sie können mir vertrauen."

„Nun, warum nicht?" sagte Rantzau und machte gute Miene zum bösen Spiel. „Aber hüten Sie Ihre Zunge, Kammerjunker!«

„Ich werde schweigen wie ein Grab", antwortete Brandt und fügte begeistert hinzu: „Jetzt sind wir ein Triumvirat, und Rom wird vor uns zittern."

Daraufhin trank er, brachte immer wieder Toasts aus, leerte ein Glas nach dem anderen, sang Opernarien, und zwar so falsch, daß Rantzau sich die Ohren zuhielt, und machte viele Witze, bis er völlig betrunken war. Dann nahm Struensee in auf seine starken Arme, legte ihn auf das Sofa, deckte ihn mit seinem Pelzmantel zu und ließ ihn dort seinen Rausch ausschlafen.

Während des restlichen Aufenthalts in Altona sah Struensee Brandt kaum noch, und wenn sie sich trafen, war sein sonst so gesprächiger Freund seltsam zurückhaltend und schweigsam. Struensee sah in Brandts Veränderung nur Niedergeschlagenheit über seine bedrängte Lage; aber es zeigte sich, was er im Schilde geführt hatte, denn als Struensee einen Monat später mit dem König in Paris war, kam zu seiner großen Überraschung Brandt in seine Unterkunft. Er war ihnen nachgereist, hatte wieder versucht, den König zu umwerben und war wieder abgewiesen worden – mit dem Befehl, sofort nach Dänemark zurückzukehren. Danach mußte er die Demütigung ertragen, daß sein siegreicher Widersacher, der gutmütige Holck, ihn bei der Heimkehr unterstützte, denn sein eigenes Geld war alle.

„Brandt", sagte Struensee, „so machen Sie sich noch völlig unmöglich."

„Pah!" antwortete Brandt mürrisch, „ich sage, aller guten Dinge sind drei. Dies war der zweite Versuch; mein Genius flüstert mir zu, daß es beim drittenmal gelingen wird."

Er kehrte nach Altona zurück und vegetierte dort als überzähliger Assessor, während Rantzau in Glückstadt saß und an seinen Fesseln zerrte. Sowohl er als auch Brandt trösteten sich mit den guten Nachrichten von Struensee, der die Gunst des Königs gewann und sich unbeirrt auf das dünne Eis begab.

2. Der Götterliebling

Der König war nun schon mehr als zwei Monate im Ausland, und es war Hochsommer.

An einem schönen Abend Ende Juni ritt ein junger Mann auf dem Kongevejen nach Frederiksborg. Er war groß, kräftig und gut gebaut. Seine schwarze Kleidung – der Frack mit den langen Schößen und den breiten Seitentaschen, die Reitstiefel ohne Sporen, der schwarze Hut ohne Verzierungen und der schlichte Stahldegen – zeigte, daß er bürgerlicher Herkunft war, wahrscheinlich ein Student. Er trug den Kopf hoch und es war ein schöner Kopf, eingerahmt von dunkelbraunem lockigen Haar. Er trug nämlich keine Perücke, eine kühne Abweichung von der herrschenden Mode, die ihm schon viel Spott eingebracht hatte. Es rächt sich immer, wenn man anders sein will als andere. Sein schönes Haar wirkte auf die meisten protzig und stempelte ihn in ihren Augen zum Plebejer, was er von Haus aus nicht war. Sein Gesicht wies edle, klassische Züge auf, die Nase war gerade, die Lippen frisch und voll und das gespaltene Kinn energisch. Die Stirn war breit und niedrig, die Augenbrauen gerade und kräftig, die graubraunen Augen blickten geistreich, tief und feurig. Sein Gesicht war rosig, fast wie das einer jungen Frau, doch jeder Gedanke an Weiblichkeit verschwand, wenn man den Rest seiner männlichen Erscheinung betrachtete.

Er saß unbeholfen im Sattel, als fühle er sich auf dem Rücken des Pferdes nicht recht zu Hause, was das große kräftige Tier auch sehr schnell begriffen hatte. Im Augenblick hatte es dem Reiter den Großteil der Zügel entrissen und trottete mit hängendem Kopf gemächlich den Weg entlang.

Der führte nun durch die großen Wälder, die Frederiksborg umgeben und die damals viel ausgedehnter waren als heute. Mächtige Buchen, die mittlerweile längst der Axt zum Opfer gefallen sind, streckten ihre blättrigen Äste über den Weg und warfen Schatten darauf, doch hier und da brachen Sonnenstrahlen hindurch. In der Nähe sang eine Drossel, und eine andere antwortete aus der Ferne. Die klaren Töne hallten im Wald wider.

Wunderbar, dachte der Reiter. Hier im Wald herrscht Leben, ich werde wieder zum Kind, wenn ich im Grünen unterwegs bin. Nein, ich spüre hier nur noch deutlicher, wie lange es her ist, dass ich Kind war. Sagen wir zehn Jahre, als ich in die große Stadt kam, und da war ich fünfzehn. Mir scheint, daß es eine Ewigkeit her ist. Die Stadt hat mich verschluckt wie der Wal Jona, aber sie hat mich nicht wieder ausgespuckt. Ich hatte den festen Vorsatz, nach oben zu kommen und Lorbeeren zu gewinnen, doch das Schicksal schob mir einen Riegel vor und setzte mich auf einen grünen Zweig. Dort fühlte ich mich wohl und wurde von meinesgleichen beneidet. Aber ich kann die Schönheit der Natur immer nur kurze Zeit genießen, dann melden sich wieder die besorgten Gedanken und verderben mir die unschuldige Freude – warum?

Er gab sich selbst die Antwort, indem er eine Strophe aus einem Lied sang, das er vor kurzem gelernt hatte:

„Wir Männer gleichen Instrumenten
Und sind wie Wachs in Evas Händen,
Auch ohne Noten anzuschauen,
Spielen doch perfekt die Frauen.
Wir müssen tanzen, wie sie pfeifen,
Und wenn sie in die Saiten greifen,
Allegro, Walzer, Menuett,
So tanzen wir gar ein Ballett!"[xxiv]

Er hatte eine schöne Stimme und der Wald warf das Echo seines Gesangs zurück. Er trug den lustigen Vers so ausdrucksvoll und überzeugend vor, dass er reichlichen Beifall geerntet hätte, wenn er auf einer Bühne vor Publikum gesungen hätte. Er hielt jäh inne und sagte: „Nein, nein, sie ist keine Kokette. Sie ist so offen und wahrhaftig wie der klare Tag und ebenso mild und süß wie der gesegnete Abend!"

In diesem Augenblick hörte er Pferdehufe hinter sich trommeln, drehte sich im Sattel um und sah zwei Reiter, die sich ihm in schnellem Trab näherten. Der erste war ein schlanker junger Herr, klein von Wuchs, mit scharfen feinen Zügen, Adlernase und schwarzen feurigen Augen. Er trug einen weißen Umhang, der die rote, silberbestickte Uniform der Leibgarde nur halb verbarg. Der Hut mit der umgeschlagenen Krempe saß keck auf dem kleinen Kopf, und auch die Gerte des Regiments fehlte nicht.

„Was, Monsieur Sander", rief der junge Offizier und parierte sein Pferd durch, „sind Sie auf Reisen?"

„Wie Sie sehen, Herr Kammerjunker", antwortete Niels Sander. Sein Ton und sein Lächeln waren nicht halb so ehrerbietig wie die Geste, mit der er den Hut abnahm, um den Mann zu begrüßen, der gesellschaftlich über ihm stand. Es war nicht das erstemal, daß die beiden sich begegneten, denn Sander war Hauslehrer bei Oberst Herluf Trolle[xxv] auf Fünen, aber zur Zeit in Kopenhagen, und der junge Offizier, Leutnant Franz von Eichen, hatte sich vor kurzem mit der ältesten Tochter des Hauses verlobt, der achtzehnjährigen Charlotte Amalie Trolle[xxvi], Hofdame bei Königin Caroline Mathilde.

Sie ritten gemeinsam weiter und schwiegen. Der stattliche Reitknecht, der Eichen begleitete, musterte Sander und dessen Pferd mit geringschätzigem Lächeln. Die Abneigung, die zwischen dem Hauslehrer und den Neuankömmlingen in der Luft lag, spürten sogar die Reittiere. Das Pferd des Kammerjunkers wieherte aristokratisch, und Sanders armer Gaul legte die Ohren an und ließ ein weniger vornehmes Wiehern hören. Sie hatten mehr als einmal im gleichen Stall gestanden und kannten sich ebensogut wie die beiden Herren, die auf ihren Rücken saßen.

„Wo geht die Reise hin?" fragte von Eichen.

„Zu meinem Onkel nach Teglgård", antwortete Sander und fügte hinzu: „Wo Sie hinwollen, brauche ich nicht zu fragen, denn die Königin ist auf Frederiksborg."

Von Eichens Nase zuckte. Das war ein Zeichen, daß er Sander aufdringlich fand.

„Was haben Sie früher eigentlich gemacht?" fragte Eichen. „Ich habe gehört, daß Sie gesungen haben, und Sie fuchtelten theatralisch mit den Händen. Haben Sie eine Szene gespielt? Wir werden sehen, es endet noch damit, daß Sie zum Theater zurückkehren!"

Sander war als junger Student Schauspieler gewesen, aber nur für kurze Zeit, denn sein Onkel väterlicherseits, der alte Jørgen Sander auf Teglgård, der sein Vormund und Versorger war, da er selbst elternlos und arm war, hatte ihn schnell von der Künstlerlaufbahn weggeholt, die damals sehr verachtet wurde. Kein vernünftiger Mensch, schon gar nicht die Adligen, ließ sich dazu herab, sich mit Schauspielern abzugeben. Niels Sanders Vergangenheit als Bühnenkünstler war seine Leiche im

Keller, und wenn der adlige Gardeleutnant ihn daran erinnerte, konnte das nicht in guter Absicht geschehen.

„Das ist richtig", antwortete Sander mit sarkastischem Lächeln, „aber ich glaube, ich habe meine Rolle schlecht gespielt. Wenn ich geahnt hätte, daß ein so intelligenter und kunstverständiger Zuschauer wie Eure Exzellenz in der Nähe war, hätte ich mir mehr Mühe gegeben."

„Oh", antwortete von Eichen mit einem besonders boshaften Lächeln, „ich verstehe überhaupt nichts von Dramatik und gebe es auch nicht vor. Wenn es Ihnen dagegen in den Sinn kommen sollte, als Seiltänzer oder Kunstreiter aufzutreten, wäre das etwas für mich – letzteres könnten Sie gut auf dem breiten Rücken Ihres braven Ackergauls machen. Ist das nicht das Steckenpferd des Oberst, das Sie da reiten?"

„Nein, Herr Kammerjunker", sagte der Reitknecht in naseweisem Ton, „das ist Lise."

„Nun", sagte von Eichen, „Lises Tempo paßt nicht zu dem meines Pferdes. Entschuldigen Sie daher, daß ich Sie verlasse und weiterreite!"

Sander war sehr blaß geworden und streckte die Hand nach dem Griff seines Degens aus. Eichen sah es, aber er lachte, schüttelte den Kopf und rief im Wegreiten: „Nein, Monsieur Sander, daraus wird nichts, ich fechte nicht mit Studenten und Komödianten!"

Sander nahm die Hand vom Schwert, zügelte sein Pferd, das hinterher wollte, und als er sich wieder beruhigt hatte, dachte er: Jetzt hätte ich beinahe eine große Dummheit begangen, aber die Unverschämtheit dieses Menschen überschreitet doch alle Grenzen. Bekommt der Hochmut der Adligen nie einen Dämpfer? Was hat er zu prahlen, worin ist er besser als ich? Er hat nicht einmal mehr Geld als ich, denn er stammt aus verarmtem Adel. So bleibt nur noch das Blut zurück, das er von dem einen oder anderen deutschen Raubritter geerbt hat, wohingegen meine Vorfahren gute, ehrliche dänische Bauern waren. Wenn er nur wüßte, dachte er mit einem Lächeln, was ich hier in der Tasche habe; er würde sich wundern!

Dann gab er Lise die Sporen, und das Tier, das rennen konnte, wenn es wollte, trug seinen Reiter nun schnell nach Hillerød. Er näherte sich Jægerbakken, als die Sonne unterging, hielt einen Augenblick inne und warf dem Schloß, dessen Turm im Abendglanz funkelte, eine Kußhand zu. In dem königlichen Wohnsitz hauste nicht nur die, die in den Augen aller Dänen das Beste in ganz Dänemark war, nämlich die bezaubernde junge Königin des Landes, sondern auch die Dame, die in seiner Vorstellung so mild und süß war wie der gesegnete Abend, nämlich Eichens Verlobte, die einst Sanders

Lieblingsschülerin gewesen war – Charlotte Amalie Trolle.

Er ging in die Gaststätte, die sich gegenüber der Auffahrt des Schlosses befand. Es war ein geräumiges, gut geführtes Wirtshaus, denn die Nähe des Hofes lockte viele Besucher in die Stadt. Sander und sein Onkel waren dort wohlbekannt, denn Teglgård lag nur eine Meile von Hillerød entfernt. So wurde Sander von dem Wirt, dem schielenden, rotnasigen Lars Krum, freundlich empfangen. Bald saß er an einem reich gedeckten Tisch in der Gaststube und sprach dem Essen und dem Wein zu. Er war fast fertig mit seiner Mahlzeit, als er draußen vor den niedrigen Fenstern laute Stimmen hörte. Die Klinke quietschte, die Tür ging auf, und vier Herren traten ein.

Bei ihrem Anblick sprang Sander auf und sagte: „Was ist das!"

Dann riefen sie im Chor: „Sander!"

Die drei waren auf eine anmutige Art nachlässig gekleidet, die zeigte, daß sie eine besondere Position in der Gesellschaft einnahmen. Die verschlissenen Säume ihrer Kleider und ein paar gestopfte Stellen an ihren Strümpfen verkündeten unmißverständlich, daß in ihren Geldbeuteln Ebbe herrschte, doch ihr Auftreten war unbefangen und fröhlich. Es waren die drei bekannten Schauspieler, die wichtigsten Gründer der dänischen

Nationalbühne, Geert Londemann[xxvii], Niels Clementin[xxviii] und Marcus Ulsø Hortulan[xxix]. Der vierte dagegen trug nagelneue Kleider nach der neuesten Mode und benahm sich sehr geziert. Er war ein hübscher Kerl, doch seine eigentliche Schönheit lag in der Stimme – es war der Sänger La Tour. Alle scharten sich um Sander, Londemann drückte ihm die Hand und rief: „Sei gegrüßt, du Götterliebling! Endlich bekommt man dich mal zu Gesicht! Wie ich mich freue, deine klassischen Züge zu sehen, du blühst ja regelrecht!"

„Ja", sagte Clementin mit einem Blick auf den Tisch, „Taubenpastete und Bordeauxwein sind jetzt wohl sein täglich Brot. Weh dir, Sander, weil du mit deinen großen, genialen Gaben Thalia und Melpomene im Stich gelassen hast und zu den Fleischtöpfen des Adels geflüchtet bist!"

„Du bist zu hart mit ihm", sagte Hortulan. „Sein tyrannischer Ziehvater trägt die Schuld, und es liegt nicht an ihm, daß er jetzt seit acht Jahren den Zeigestock schwingt und versucht, engen adligen Hirnen klassische Bildung einzutrichtern."

Sander drückte seinen drei Freunden herzlich die Hand und verbeugte sich vor La Tour. Als er endlich zu Wort kam, sagte er: „Mein Herz freut sich, euch alle wiederzusehen, ihr bringt die schönsten Träume meiner Jugend zurück! Aber bei zwei Punkten muß ich protestieren – bei den Fleischtöpfen und den engen adligen Hirnen. Wir schwelgen nicht im Überfluß bei dem braven Oberst Herluf, sondern leben mäßig und vernünftig nach guter alter Sitte, wie es sich für einen Mann aus altem dänischen Adel gehört. Und seine Kinder sind keine Kleingeister, sonder aufgeweckt und lernwillig ..."

„Halt, kleiner Bruder", unterbrach der fröhliche Hortulan mit einer Miene, die an seinen Stygotius in Holbergs[xxx] *Jacob von Tyboe*[xxxi] erinnerte, „hast du auch mit der süßen kleinen Taube – Fräulein Charlotte Amalie – gegurrt?"

„Jawohl", antwortete Sander und seine Wangen bekamen Farbe, „ich habe dem Fräulein unter anderem das bißchen Englisch beigebracht, das ich kann, und das soll dazu beigetragen haben, sie der Königin näherzubringen, die sie nun liebt wie ihre eigene Schwester."

„Ich hoffe, etwas mehr", sagte Londemann mit einem ironischen Lächeln in seinen lebhaften Augen, „die Liebe zwischen Schwestern ist meistens nicht besonders innig." Dann nahm er eine Prise Schnupftabak und reichte die Dose weiter. Als sie zu Sander kam, schloß er sie, betrachtete den schönen Porzellandeckel und rief: „Nein, wie freue ich mich, daß du die noch hast!" Sie hatte nämlich einst Holberg gehört.

„Wisse, mein Sohn", antwortete Londemann und klopfte seinem zweiundzwanzig Jahre jüngeren Freund auf die Schulter, „daß diese Reliquie sich zweimal in den Klauen der Wucherer befand. Das letztemal war sie in Salomon Arons Pfandhaus, doch meine Freunde haben sie mit vereinten Kräften ausgelöst. Gott segne sie dafür, ich kann nicht ohne sie leben."

Jetzt machte La Tour zum ersten Mal den Mund auf und sagte mit wichtiger Miene: „Pardon, Monsieur Londemann, aber Ihre Holberg-Vergötterung geht zu weit. Er war ein umgänglicher Mann, der mit der Feder arbeitete und es bis zum Baron brachte. Davor ziehe ich den Hut, aber seine Komödien gehören doch zum Bauerntheater. Für höhere Kunst hatte er nie etwas übrig."

„La Tour", rief Londemann und seine Augen funkelten, „du bist wirklich ein Biest!"

Der andere brach in Lachen aus, aber Clementin hob die Hand und sagte mit dem komischen Pathos, in dem er ein Meister war: „Londemann, deine Empörung kennt keine Grenzen, sie erniedrigt dich und macht dich auch noch undankbar. Wir sollten in unserem aufgeklärten Jahrhundert die Meinungen anderer respektieren, aber du müßtest dich an die vielen Wohltaten erinnern, die dieser edle Sohn des Gesangs uns heute erwiesen hat, und ihn nicht so tödlich beleidigen."

„Verzeih mir!" bat Londemann und reichte La Tour die Hand.

„Nun", antwortete La Tour und nahm die angebotene Hand, „Londemann kann man viel verzeihen. Ich kann wirklich nichts dafür, daß das, was in deinen Augen göttlich ist, in den meinen bestialisch ist."

„Wir sind von deiner Unschuld überzeugt", sagte Clementin mit einem feinen Lächeln.

„Aber was für Wohltaten hat Monsieur La Tour euch heute erwiesen?" fragte Sander.

„Das ist nicht der Rede wert", sagte La Tour mit einem affektiertem Lächeln und machte eine abwehrende Handbewegung.

„Wart ihr bei ihm zu Gast?" fragte Sander weiter und wandte sich an Clementin. „Oder habt ihr euch vielleicht zusammengetan, um diesen Ausflug zu machen?"

„Wie neugierig er ist!" rief Hortulan. „Nein, kleiner Bruder, Monsieur La Tour hat seine Sommerresidenz hier auf Kroen aufgeschlagen; wir haben ihn unerwartet überfallen und kamen vielleicht sogar ungelegen, denn er wandelt auf den Pfaden der Liebe und hat seinen Pavillon nicht umsonst so nah am Schloß aufgebaut."

„Reden Sie keinen Unsinn, Monsieur Hortulan!" sagte La Tour, aber sein Lächeln zeigte, daß er sich geschmeichelt fühlte. Die Andeutung galt seinem intimen Verhältnis zum Kammerfräulein der Königin, der obersten

Hofdame, Elisabeth von Eichen. Sie war die Schwester des Leutnants.

„Aber", fuhr Hortulan fort, „er zeigte nicht nur große Freude, uns zu sehen, sondern griff in seinen gut gefüllten Geldbeutel und behandelte uns königlich. Ich glaubte ehrlich nicht, daß man in einer solchen Höhle ein solches Festessen bekommen könnte. Alles hier ist einladend, bis auf den Wirt, er ist grimmig wie der Teufel."

„Nun ja, etwas schöner bist du ja, Hortulan", sagte Clementin, um seinen Kollegen und Freund, der ein gutaussehender Mann und stolz auf seine Schönheit war, aufzuziehen, „aber hör nun weiter, Sander! La Tour bewirtete uns mit einem herrlichen Vortrag und setzte dem Ganzen die Krone auf, indem er uns in den Myrtenwald von Kythira führte. Dort verweilten wir, um Aphrodite zu sehen. Unsere lüsternen Blicke schwelgten in der Betrachtung der wunderschönen Göttin und ihrer Nymphen."

„Auf gut Dänisch", sagte Londemann, „wir waren bei Hofe."

„Das kann doch nicht wahr sein!" rief Sander.

„Nun", fuhr Clementin fort, „es kam so. La Tour führte uns in den Schloßgarten, denn der Mann hat Zugang zu allen Wegen."

„Jeder kann dort hineingehen", sagte La Tour. „Ihre Majestät sieht es gern, daß die Leute dort spazieren gehen. Sie lebt ohne Leibwächter, wie eine Mutter unter ihren Kindern. Sie spricht gern auch mit den Geringsten, ja, sie besucht sogar die Armen in ihren Hütten, sie ist eine Perle!" schloß er schwärmerisch.

„Noch dazu in einer herrlichen Einfassung, wenn sie auf dieser ehrwürdigen Burg inmitten dieser stolzen Wälder residiert!" rief Hortulan.

„Hört nun weiter", sagte Clementin. „Als wir durch den Garten gingen und uns von der Sonne braten ließen, weil uns die Ehre widerfuhr, mit unseren bescheidenen Füßen in königliche Stapfen zu treten, standen wir plötzlich an einer Biegung Auge in Auge der bezaubernden Königin des Reiches und einer Schar Damen gegenüber, die sie begleitete. Wir zogen die Hüte und verbeugten uns tief vor Ihrer Majestät. Sie grüßte huldvoll und sagte lächelnd im Vorbeigehen: ‚Oh, La Tour, sind Sie wieder da!' Und als sie das gesagt hatte, steckten die Damen die Köpfe zusammen und spannten ihre Fächer auf. ‚Aber ist das nicht Monsieur Londemann?' sagt daraufhin die Königin und bleibt vor dem berühmten Mann stehen. Er verbeugt sich tief und antwortet: ‚Zu Ihren Diensten, Majestät, meine Freunde und ich sind hier draußen, um uns im Grünen zu amüsieren.' – ‚Aha', sagte die Königin, ‚*bon plaisir, messieurs!*' Daraufhin senkte sie ihren schönen

Kopf, ließ ihren Blick mild über uns schweifen und ging weiter, gefolgt von der ganzen Nymphenschar, deren Fischbeinkorsetts quietschten wie Panzer."

Als Clementin seine Erzählung beendete, kam der Wirt zur Tür herein, doch sobald Hortulan ihn sah, streckte er die Hand nach ihm aus und deklamierte:

„Nil dictu fædum visuque hæc limina tangat!"

Das war die Inschrift, die damals über der Bühne des Königlichen Theaters stand – eine goldene Regel, die leider nicht immer befolgt wurde. Sie lautet übersetzt: Nichts trete durch diese Tür, was häßlich anzuschauen oder anzuhören ist!

Die anderen brachen in Lachen aus, Lars Krum stand dabei und machte ein ziemlich dummes Gesicht.

„Deck den Tisch ab, Lars", sagte Sander, „und stell uns eine Schüssel Punsch hin. Schreib es auf meine Rechnung!"

„Diese Sprache verstehe ich besser", antwortete Lars und fing an, den Tisch abzudecken, aber plötzlich wandte er sich an Hortulan und sagte: „Mit dem Latein des Herrn stimmte doch etwas nicht, denn soviel ich weiß, war es Latein. Sie hatten mich wohl zum Besten? Ich habe schon mittags gemerkt, daß die Herren lieber von der hübschen Maren bedient werden wollten als von mir. Sie ist draußen beim Melken, aber sie kommt gleich und bewirtet Sie."

Danach entfernte sich Lars mit einem sparsamen Lächeln, und die Runde brach wieder in Gelächter aus. Maren kam bald, rot wie eine Mohnblume vom schnellen Gehen, und deckte eiligst den Tisch. Es zeigte sich, daß sie sehr geistesgegenwärtig und schlagfertig war, und so hatte Hortulan wenig Erfolg mit seinen zweifelhaften Komplimenten. Es war eine Szene im Geiste Holbergs, aber der schöne La Tour ärgerte sich nicht darüber, sondern lachte herzlich mit. Als Sanders Gäste ihren Hunger gestillt hatten und die Punschgläser mehrmals gefüllt und geleert worden waren, sagte Hortulan zu Sander:

„Du bist sehr großzügig, aber ich will nicht zurückstehen, wenn diese Schüssel leer ist, spendiere ich eine neue. Gleiches für Gleiches, so will es die Freundschaft."

„Du siehst, Sander", sagte Londemann, „es ist wie in alten Zeiten! Hortulan hat immer die Spendierhosen an!"

„Lassen wir ihm die Ehre und das Vergnügen", sagte Clementin, „er ist kein Familienvater wie du und ich, Londemann, er muß nur sich selbst versorgen. Als wir uns von Hymenaios[xxxii] in Ketten legen ließen, haben wir nicht der Ehre, sondern dem ehrlichen Ehrgeiz Lebewohl gesagt."

„Ach, zum Teufel mit ihm!" platzte Hortulan heraus.

„Wir sind Brüder, und jeder von uns hat immer mit den

anderen geteilt, wenn er etwas hatte. Wir pflegen auch keine Geheimnisse voreinander zu haben, und wenn ich dich ansehe, Sander, der du *pro tempore* wieder die Lafette betätigst, dann frage ich dich, der du uns vorhin so eifrig ausgefragt hast, was willst du eigentlich hier in Hillerød?"

„Ich bin auf dem Weg nach Teglgård", sagte Sander. Aber die Antwort klang nicht mehr so sicher wie in dem Moment, in dem er sie Eichen gegeben hatte.

„Nun, das freut mich zu hören", sagte Londemann, „dann hast du dich wohl mit deinem Onkel versöhnt. Wenn ich mich richtig erinnere, hattest du einen schrecklichen Krach mit dem Alten, als er dich aus Thalias Tempel gejagt hat! Dein Kummer darüber, daß du deiner einzig wahren Berufung entsagen mußtest, war erschütternd."

„Oh", sagte Hortulan. „Das hat er schon lange verwunden. Du hast uns so sehr gemieden, Sander, daß ich wirklich glaubte, du wärst arrogant geworden und würdest auf deine Künstlerkollegen, ja sogar auf die Kunst selbst herabsehen."

„Das wäre verzeihlich", sagte Clementin. „Sander hat nun lange aristokratische Luft eingeatmet. In den Augen der Adligen ist unsere Gesellschaft nur eine Bande von Marktschreiern und die Kunst nur Firlefanz. Du hast die bessere Wahl getroffen, Sander, und nun den Weg ins

Glück eingeschlagen. Deine nächste Sprosse auf der Leiter wird sein: Wenn man Lakai bei einer Exzellenz oder beim König selbst ist, ist es nur noch ein Schritt zu einem hohen Amt; du kannst noch Bürgermeister oder Stadtvogt oder Zollbeamter werden."

„Ihr tut mir bitter Unrecht, liebe Freunde", brauste Sander auf. „Ich verehre die Kunst noch ebenso wie früher, und ich liebe euch, aber ich bin zur Vernunft gekommen und habe eingesehen, daß ich meine Fähigkeiten überschätzt hatte. In mir steckte kein großer Schauspieler."

„O doch", sagte Londemann. „Du hattest herrliche Gaben, doch die werden nun im Keim erstickt. Du bist dir selbst untreu geworden!"

„Aus Liebe zum goldenen Kalb", sagte Clementin, „wenn er sich seinem Onkel widersetzt hätte, wäre ihm das große Erbe entgangen, das er nun zu erwarten hat."

„Ich habe gar nichts zu erwarten", antwortete Sander, „das Herz des Alten schlägt nicht besonders warm für mich. Er ist ein Geizhals und konnte die harten Wahrheiten nicht ertragen, die ich ihn hören ließ, als wir aneinandergerieten."

„Aber", wandte Londemann ein, „da du nun auf dem Weg zu ihm bist und ihn besuchen willst, mußt du doch jetzt auf gutem Fuß mit ihm stehen."

Sander wurde rot und erwiderte heftig: „Laßt uns nicht mehr über ihn reden! Du hast mir Vorwürfe gemacht, Hortulan, weil ich euch gemieden habe, aber ich tat es nur aus Vernunft – und legte mir selbst Zügel an. Ich bin nicht ins Theater gegangen, um nicht in Versuchung zu kommen, denn es hätte leicht damit enden können, daß ich zu euch zurückgekehrt wäre. Ich habe es gut bei den Trolles, bekomme einen hohen Lohn und habe eine dankbare Aufgabe darin, die prächtigen Kinder zu unterrichten, aber natürlich habe ich noch höhere Ziele."

„Hör jetzt auf mit dem Gerede, La Tour", sagte Clementin, „sonst endet unser nettes kleines Beisammensein mit einem Krach."

„Ich möchte der Sache trotzdem auf den Grund gehen", sagte Hortulan. „Es ist amüsant und riecht nach Intrigen, Verwicklungen und Komödie! Beichte, Sander! Hast du diese Jungfrau geliebt, aber sie getäuscht und verlassen?"

Sanders Miene war unheilverkündend. Er saß blaß und mit verkniffenem Mund da, doch plötzlich löste sich die Spannung in seinen Zügen, er lächelte verächtlich und sagte: „Ich bin gezwungen, zu reden, um den Ruf der lieben Jungfrau zu retten, den Monsieur La Tour so schonungslos angekratzt hat. Jungfrau Anna war und ist, hoffe ich, immer noch meine gute Freundin. Wir verstehen uns sehr gut, aber es war nie eine Liebesgeschichte zwischen uns."

Während Sander sprach, kam Maren mit der frischgefüllten Punschschüssel. Hortulan, der sie bestellt hatte, füllte die Gläser, hob das seine und sagte:

„Trinken wir darauf, daß aus der Freundschaft zwischen den beide Liebe werden möge, und Hymenaios soll das Ganze krönen!"

„Nein", antwortete Sander, „darin stimme ich nicht ein. Aber ich trinke gern auf die Gesundheit und das Glück meiner guten Freundin Anna Gjørling."

Das taten sie dann und danach wurde noch oft geprostet und Lieder gesungen, sowohl im Chor als auch solo. Das gab La Tour Gelegenheit, mit seiner schönen Stimme zu brillieren. Zuletzt waren sie beinahe alle, wie Londemann sagte, ordentlich beschwipst, doch keiner von ihnen richtig betrunken. Sie befanden sich in dem weinseligen Zustand, der das Herz weit macht und einen die Kleinigkeiten des Lebens vergessen läßt, ohne den Verstand völlig zu verwirren. Nur Sander blieb völlig nüchtern.

3. *God bless the Queen*

Der Wirt persönlich führte Sander mit einer Kerze in der Hand in sein Zimmer. Lars stellte das Licht auf den Tisch und wollte anscheinend nicht gleich wieder gehen. Er wartete auf einen Dank, denn er hatte Sander das beste Gästezimmer gegeben und umsorgte ihn, als wäre er der alte Jørgen, sein langjähriger treuer Kunde, ja sogar viel besser, denn auf dem Tisch stand ein Tintenfaß, daneben lagen eine Feder und ein paar Blätter Schreibpapier von solider Qualität dabei. Es waren allerdings Dinge, die der alte Jørgen Sander nur nutzte, wenn es unbedingt sein mußte. Auf der Kommode daneben befanden sich eine Schnupftabaksdose und eine Meerschaumpfeife, die Lars nur bei sehr feierlichen Anlässen gebrauchte.

Sander dankte für diese Aufmerksamkeiten, und Lars sagte mit einem Lächeln: „Jaja, ich weiß, was Studenten gefällt! Es ist eine Freude, etwas für Sie zu tun, Sander, Sie sind vernünftig und nicht so verrückt wie diese Komödianten. Es sind schräge Vögel, und sie machen sich ständig über andere Leute lustig. Aber La Tour ist ein anderes Kaliber, das muß ich ihm lassen, immer wie aus dem Ei gepellt, und er weiß sich zu benehmen. Doch er hat ja auch Umgang mit feinen Leuten, ja sogar mit dem Königshaus. Lars Hansen, der Kammerdiener, erzählte mir neulich, daß La Tour mit der Königin gemeinsam singt. Es ist gefährlich, daß sie sich mit ihm gemeinmacht!"

Während Lars seinem Mundwerk freien Lauf ließ, stand Sander in Gedanken versunken da. „Sie kennen sich im Schloss gut aus, Lars?" sagte er schließlich.

„O ja", antwortete Lars, „ich kenne jedes Mauseloch in dem alten Gemäuer und weiß, wo jede Katze entlangschleicht."

„Dann könnten Sie sicher morgen einen Brief für mich abgeben?" fragte Sander.

„An wen, wenn ich fragen darf?"

„Oh", antwortete Sander, „an eine der Hofdamen."

Lars lachte und schielte furchterregend, als er sagte: „Sieh einer an! Wollen Sie nun den gleichen Weg gehen wie La Tour, Sander?"

„Nein", sagte Sander lächelnd, „mit einem solchen Kavalier kann ich mich nicht messen. Sie dürfen gern wissen, was es ist. Ich habe nur eine Nachricht für Fräulein Trolle von ihrer Mutter, der Oberstin. Aber ich habe keine große Lust, selbst zum Schloß hinüberzugehen."

Diese Erklärung verscheuchte bei Lars Krum jeden Verdacht, daß Niels Sander auf Liebesabenteuer aus sein könnte.

„Ich dachte mir schon, daß Sie kein solcher Narr sind", sagte Lars. „Ich gebe den Brief selbst ab."

Dann sagte er Sander gute Nacht und ging, empfahl ihm jedoch vorher noch, die Meerschaumpfeife zu probieren. Die blieb aber unberührt liegen, denn sobald Sander allein war, setzte er sich schon an den Tisch und zog hervor, was er in der Tasche hatte.

Zunächst kam ein hübsch verpacktes Päckchen zum Vorschein, dann ein Brief mit der Aufschrift *A Mademoiselle de Trolle* und schließlich noch ein Brief. Sander entfaltete ihn und las ihn wohl schon zum zwanzigstenmal. Er lautete wie folgt:

Lieber Monsieur Sander!

Sie werden sich sicher wundern, einen Brief von mir zu bekommen.

Sie könnten vielleicht auf den Gedanken verfallen, daß ich, Ihre dankbare Schülerin, Ihnen hiermit den Beweis dafür geben will, daß ich den wunderbaren Unterricht noch nicht vergessen habe, den Sie mir seinerzeit in Dänisch gegeben haben, so daß ich, wie andere sagen, meine Muttersprache à merveille rent schreibe.

Aber nein, meine Absichten sind egoistischer. Die Sache ist die, daß zu Hause in der Store Kongensgade vielleicht ein Paket für mich liegt, das schon vor einem Monat aus Paris gekommen ist. Ich habe an Mama geschrieben und sie gebeten, es mir zu schicken, aber ich habe weder das Paket bekommen noch eine Zeile von ihrer teuren Hand.

Ich wäre Ihnen sehr verbunden, wenn Sie dafür sorgen könnten, daß es abgeschickt wird. Um Ihren Eifer etwas anzuspornen, füge ich hinzu, daß das Paket Parfüms von Le Gros enthält, darunter eine nouveauté, *die es nicht einmal auf dem Toilettentisch der Königin gibt. Ich habe Ihrer Majestät eine Flasche davon versprochen, und sie hat das Angebot gnädigst angenommen. Gestern sagte sie mir: „Aber wo bleibt denn dein* bouquet de fleurs?" *Und da stand ich!*

Meine herzlichen töchterlichen Grüße an Papa und Mama! Lassen Sie Mama diesen Brief lesen, es wird ihr zeigen, in welche Verlegenheit ihre Geringschätzung für Kleinigkeiten mich gebracht hat.

Ihre ergebene Dienerin

Charlotte Amalie de Trolle.

Sander brachte den Brief der Oberstin und beobachtete sie, während sie ihn las. Ihre scharfen Züge verrieten deutlich ihre Mißbilligung des Inhalts, vielleicht auch der Adresse. Sie war eine höchst ehrenwerte Dame mit strengen moralischen Prinzipien, und ihre Gottesfurcht hatte etwas von dem Pietismus, der in ihrer Kindheit unter König Christian VI.[xxxiii] vorherrschend gewesen war. Doch sie war auch ziemlich adelsstolz und nicht so bodenständig und vorurteilsfrei wie ihr Gemahl.

„Sehen Sie", sagte sie, als sie den Brief zu Ende gelesen hatte, „jetzt denkt Charlotte nur noch an nutzlosen Tand und Flitter! Gott gebe, daß es nicht damit endet, daß sie sich von noch schlimmeren Dingen Kopf und Herz verdrehen läßt! Der Hof ist leichtfertig, ich bereue, daß wir sie dort hingeschickt haben!"

„Gnädige Frau", antwortete Sander, „Sie tun Fräulein Charlotte sicher unrecht. Sie ist kein oberflächliches Wesen, sie hat einen festen Charakter, der noch gestärkt wurde durch die ausgezeichnete Erziehung, die sie genossen hat. Außerdem ist die Königin ja eine tugendhafte Dame. Fräulein Charlotte ist dort in guten Händen."

„Pardon, Monsieur Sander", erwiderte die Oberstin. „Sie vergessen, daß die Königin – obwohl sie schon Mutter[xxxiv] ist – noch ein Kind ist, sie ist ja noch nicht einmal siebzehn, und das eine Jahr, das Charlotte Ihrer Majestät voraushat, macht sie wohl nicht sehr viel weiser. Die Königin hat ja auch nicht mehr die zuverlässige Frau von Plessen an ihrer Seite. Ich weiß gut darüber Bescheid, wie es da draußen zugeht! Die Königin schlägt alle Etikette in den Wind und erlaubt sich Freiheiten, die ganz und gar unköniglich sind. Ja, ich nenne das *horrible* und unpassend für jede Dame. Elisabeth von Eichen bekommt jeden Tag größeren Einfluß auf die Königin, und ihr letzter Streich ist, daß sie dem Sänger La Tour, diesem schlichtgestrickten Menschen, Zugang zum engsten Kreis der Königin verschafft hat. Das hat schon Anlaß zu Klatsch gegeben." Die Oberstin schwieg und dachte ein paar Augenblicke nach. „Ich sollte", sagte sie, „nach Frederiksborg fahren und selbst mit Charlotte reden, aber wir wollen ja morgen nach Kjærsgård aufbrechen, deshalb geht es nicht. Ich könnte schreiben, aber ich wage es nicht, einen so vertraulichen Brief – denn ein solcher würde es werden – der Post zu übergeben."

Sander überkam der Spaßteufel. „Wenn Ihre Gnaden wünschen", sagte er, „überbringe *ich* Fräulein Charlotte gern den Brief und das Paket. Ich wollte gerade um einen kurzen Urlaub bitten, um einen Ausflug nach Nordsjælland zu machen; in einer Woche komme ich wieder und finde mich auf Kjærsgård ein."

Das Angebot wurde angenommen und der Urlaub gewährt. Als der Oberst hörte, daß Sander nach Nordsjælland wollte, sagte er: „Dann müssen Sie einen Abstecher nach Teglgård machen. Schauen Sie bei Ihrem Onkel vorbei und versuchen Sie, mit ihm auf guten Fuß zu kommen. Er ist ein braver Mann, und Sie schulden ihm viel, außerdem ist es wichtig für Ihre Zukunft."

Obwohl Sander ebensowenig vorhatte, seinen Onkel zu besuchen, wie er eine Reise nach Nordsjælland plante, erwiderte er doch, daß er es sich überlegen würde. Dann bekam er den Befehl, sein Ziel war Teglgård, und es kam ihm gelegen, daß er sich mit diesem Vorwand gegen von Eichen und seine Freunde behaupten konnte. Allerdings wäre er kaum unter falscher Flagge gesegelt, wenn ihm nicht Fräulein Charlottes Verlobter über den Weg gelaufen wäre. Er wußte nur allzu gut, wie sehr die Freundlichkeit und das Vertrauen, die die ganze Familie Trolle dem Hauslehrer der Kinder erwiesen, von Eichen störten. Der hochmütige Herr war höchst eifersüchtig. Sander hatte Grund zu glauben, daß Fräulein Charlotte schon einmal seinetwegen Ärger mit ihrem Verlobten gehabt hatte.

Unter diesen Umständen fand er es nicht ratsam, den gleichen Weg zu einzuschlagen, zum Schloß zu gehen, nach Fräulein Trolle zu fragen und ihr das Paket und den Brief auszuhändigen. Er hätte es ohne weiteres tun können, denn es war sehr leicht, Zutritt zum Schloß zu bekommen, und die Hofdamen genossen viel mehr Freiheit als zu Frau von Plessens Zeiten. Es war mittlerweile üblich, daß sie Besuch empfingen, auch von Herren, in ihren eigenen Zimmern und zu jeder Tageszeit. La Tour konnte ein Lied davon singen. Sander bildete sich jedoch ein, daß *sein* Besuch Aufsehen erregen würde.

Dieses Hindernis war ihm sehr willkommen, denn es gab ihm einen Vorwand, sich mit Fräulein Charlotte zu treffen; und er war nicht der Mensch, der sich von Kleinigkeiten abschrecken ließ. Er war ein Mann der Tat, einer von denen, für die jede Leidenschaft schicksalhaft sein kann.

Er schrieb also einen Brief, in der er Charlotte Trolle kurz davon unterrichtete, daß er nach Hillerød gekommen sei, weil ihre Eltern ihn geschickt hätten, er habe eine vertrauliche Nachricht für sie, und deshalb bat er sie, einen Ort zu nennen, an dem sie sich treffen und unter vier Augen reden konnten.

Lars Krum ging am nächsten Morgen mit dem Brief zum Schloß und kam wenig später mit der Antwort zurück. Sander riß den Umschlag auf und las mit Freuden folgende Zeilen:

„Finden Sie sich um neun Uhr am Teich im Schloßgarten ein; wenn es möglich ist, werden Sie mich dort antreffen."

Sie trafen sich am untersten Ende des Teiches; von dort aus hat man einen schönen Blick auf das Schloß. Sander kam zwischen den Hecken hervor und sie aus der Allee, und so begegneten sie sich plötzlich.

Bei seinem Anblick röteten sich ihre Wangen, und ein Lächeln ging über ihre Lippen wie ein Sonnenstrahl, der auf eine Rosenknospe fällt. Sie trug einen grauen Roquelor, einen Umhang aus leichtem Wollstoff, und auf dem hochgesteckten blonden Haar saß ein zierlicher Hirtinnenhut mit leuchtendrotem Band. Ihr ovales Gesicht mit den feinen Zügen nahm sich unter diesem Hut bezaubernd aus. Sie hatte das Gesicht der Familie, die etwas zu lange Nase, die geschwungenen

Augenbrauen, den ausdrucksvollen Mund und das kleine Kinn. Ihre Züge waren nicht ganz regelmäßig, doch das Gesicht und die schlanke Gestalt strahlten eine seltene Harmonie aus. Sie ging leichten Schrittes und mit soviel Anmut, daß Sander sie allein am Gang erkannt hätte. Doch es gab auch einen Gegensatz bei ihr, nämlich das frohe, kindliche Lächeln und der Ernst in ihren großen blauen Augen. Unschuld und klare Selbsterkenntnis mischten sich auf seltsame Weise.

Sie ging Sander eilig entgegen und reichte ihm die Hand. Obwohl sie Handschuhe trug, überlief ihn ein Schauer, als er die kleine feuchte Hand in der seinen spürte, doch er hatte noch ein anderes Gefühl, als er ihr begegnete. Seit sie an den Hof gekommen war, hatte er sie immer nur flüchtig und nie allein gesehen. Sie hatte sich verändert, das naive junge Mädchen war eine Dame geworden und eine vornehme noch dazu. Sie hatte etwas an sich, das ihr vielleicht nicht bewußt war und das auf eine neue Weise den Abstand zwischen ihnen betonte, aber ihr letzter Brief hatte doch so herzlich geklungen wie eh und je. In Sanders Gedanken spielte es eine bedenklich kleine Rolle, daß sie mittlerweile mit einem anderen verlobt war. Er verstand die Verbindung nicht und glaubte nicht an echte Liebe zwischen zwei so verschiedenen Menschen wie Charlotte Trolle und Franz von Eichen.

Auf die erste herzliche Begrüßung folgte eine kleine peinliche Stille.

„Kommen Sie", sagte sie schließlich nervös und ging zu einer Bank, die in einer Ecke hinter der Ecke stand, „setzen wir uns hierhin! Erzählen Sie mir, wie es allen zu Hause geht. Ist Børge fleißig, und sehen Sie etwas von Christian?"

Das waren ihre beiden Brüder[xxxv]. Letzterer war der ältere und vor kurzem zum Leutnant der Infanterie ernannt worden. Sander konnte den Fleiß des jüngeren Bruders loben, über den älteren sagte er:

„Ich habe gestern mit ihm gesprochen. Er besuchte mich in meinem Kammer und war sehr traurig, daß er keinen Urlaub bekommen konnte. Er hätte mich gern auf dieser Reise begleitet, denn er vermißt Sie, sagte er mir."

„Ja, Christian ist lieb", sagte Charlotte, und ihre Augen wurden feucht. „Aber er ist sicher froh, daß er in die Infanterie aufgenommen wurde?"

Sander beantwortete alle ihre Fragen über ihren lebensfrohen, liebenswürdigen Bruder und ihre jüngeren Geschwister, und ihr Blick ruhte derweil unverwandt auf ihm. Es lag eine eigene Tiefe darin, eine Verwunderung, als ob sie eine Entdeckung gemacht hätte, aber es war ein warmer und liebevoller Blick, bis ihr plötzlich bewußt wurde, daß sie sich von dem neuen Gefühl in ihrem Herzen hatte überrumpeln lassen.

Sie rief: „Aber weshalb sind Sie eigentlich hier?"

„Vor allem", sagte Sander, „um Ihnen dieses Päckchen zu überreichen." Er holte es heraus und gab es ihr.

Sie legte es auf die Bank und sagte gleichgültig: „Ach, das hatte ich ganz vergessen! Lassen Sie mich nun wissen, was Sie mir sagen wollten; vermutlich etwas Unangenehmes?"

„Ich habe nichts zu sagen", sagte Sander. „Aber ich habe einen Brief für Sie."

Er reichte ihr den Brief.

Sie nahm ihn, erbrach das Siegel und fing sofort an zu lesen. Die Wirkung des Inhalts war heftig und überraschend, und jetzt hatte er etwas, über das er sich wundern konnte. Er verfolgte Charlotte Trolles Entwicklung schon seit ihrem elften Lebensjahr und hatte gesehen, wie sich ihre Gesichtszüge und ihre Gestalt allmählich zu dem formten, was sie jetzt waren. Er hatte sie in den verschiedensten Stimmungslagen erlebt und erinnerte sich gut an ein Funkeln kindlichen Trotzes in ihren Augen, das davon zeugte, daß sie einen eigenen Willen hatte, doch er hatte noch nie einen solchen Ausdruck von Kummer und tiefer Gekränktheit gesehen, der in diesem Moment aus ihren sonst so fröhlichen Augen sprach.

„Das ist doch verrückt!" platzte sie heraus, knüllte den Brief zusammen und stopfte ihn in die Tasche. Sie war blaß geworden, faßte sich jedoch schnell und fragte mit erzwungenem Lächeln: „Monsieur Sander, kennen Sie den Inhalt dieses Briefs?"

„Ich habe ihn nicht gelesen", antwortete Sander, „und ich habe ihn auch nicht veranlaßt; aber Ihre Frau Mutter hat mir gegenüber ein paar Worte verloren, aus denen ich den Inhalt des Briefes erschließen kann. Und die Art, wie Sie ihn aufnehmen, bestärkt mich in meiner Vermutung. Es ist ein Brief voll mütterlicher Ermahnungen und Warnungen, nicht wahr?"

„Und Sie halten die für nötig?" fragte sie schnippisch.

„Aber nicht doch, liebes Fräulein", erwiderte Sander und sah ihr offen, aber warm in die Augen, „und das habe ich auch der Oberstin gesagt. Ich erlaube mir kein Urteil darüber, ob die Verhältnisse, in denen Sie jetzt leben, zu Warnungen berechtigen, aber nichts kann meinen glauben an Ihre edle Gesinnung, Ihren klaren Verstand und Ihren festen Charakter erschüttern."

Ihr Gesicht glättete sich, die Farbe kehrte in ihre Wangen zurück, und ein Lächeln huschte über ihre Lippen.

„Vergessen Sie aber nicht", fügte er hinzu, „daß dieser unangenehme Brief von Ihrer eigenen Mutter stammt und sicher mit den besten Absichten geschrieben wurde."

Er schaute zu Boden, als er das sagte, und sie sah ihn an. Sie waren so in ihr Gespräch vertieft, daß keiner von ihnen auf das Rascheln achtete, das hinter ihnen in der Allee zu hören war, und fielen aus allen Wolken, als plötzlich eine Dame vor ihnen stand, die ähnlich wie Charlotte Trolle gekleidet war. Allerdings war die Schleife ihres Hutes mit Diamanten verziert, die aufblitzten, als ihre Trägerin ins Sonnenlicht trat. Außerdem war sie etwas fülliger als Charlotte Trolle und ihre Gesichtszüge weicher, aber ebenso jung und frisch.

Charlotte sprang auf. Sander erhob sich langsamer und starrte die Dame an. Dann wurde ihm klar, daß die Königin vor ihm stand. Er nahm seinen Hut ab und verbeugte sich tief. Kein Höfling hätte es besser machen können, man merkte immer noch, daß er bei Clementin in die Lehre gegangen war. Als er sich wieder aufrichtete, blickte er der Königin freimütig in die Augen, doch Charlotte Trolle war feuerrot angelaufen und sah ihre Herrin bittend an.

Die Königin schlug die Hände zusammen und rief: „Na, Charlotte, ich muß schon sagen! Du hier allein in einer Gartenecke mit einem hübschen jungen Kavalier!"

Sie sagte es auf Dänisch, das sie fließend sprach, wenn auch mit Akzent. Auf ihren vollen frischen Lippen lag ein Lächeln, und ihre großen, blauen Augen funkelten vor Lebensfreude. Wer, dachte Sander, der nur einmal in die Tiefe dieser schönen Augen geschaut hat, kann sie jemals vergessen?

„Eure Majestät", sagte Charlotte Trolle, „das ist nur Monsieur Sander, mein alter Lehrer und der Hofmeister meiner Brüder."

„Nur?" wiederholte die Königin mit einem Blick auf Sander und bewunderte die edle, männliche Schönheit seiner Gesichtszüge, seiner Figur und seines Auftretens.

„Er hat mir einen Gruß von Mama gebracht", fuhr Charlotte fort.

„Und einen Brief, wie es scheint", sagte die Königin. „Du hast wirklich nicht geflüstert, meine Liebe!"

„Und dieses Päckchen, Eure Majestät", sagte Charlotte, nahm es und zeigte es der Königin, „hier ist endlich mein Blumenstrauß."

Aber die Königin nahm keine Notiz von dem Päckchen. Sie wandte sich an Sander und sagte: „Sie sind also derjenige, der Mademoiselle Trolle Englisch beigebracht hat?"

„Ja, Eure Majestät", antwortete Sander und verbeugte sich wieder, „aber damals war es wahrscheinlich höchst bescheidenes Englisch. Ich habe meine Kenntnisse der schönen Muttersprache Eurer Majestät fast ausschließlich aus Büchern."

„Also finden Sie meine Muttersprache schön", antwortete Caroline Mathilde und schaute ihn freundlich an, „die meisten Leute hier finden sie häßlich, aber es hängt sehr von der Aussprache ab. Sagen Sie ein paar Worte, Monsieur!"

„God bless the Queen!" erwiderte Sander, ohne nachzudenken und mit viel Gefühl.

„Danke", sagte die Königin, ohne seine Aussprache zu kritisieren, und reichte ihm die Hand, die er ehrerbietig küßte.

Sander sollte diese Begegnung mit Königin Caroline Mathilde nie vergessen. So unbedeutend die Worte auch waren, die ihr bei dieser Gelegenheit über die Lippen kamen, so bekam er doch einen lebhaften Eindruck von der Herzenswärme, die ihr ganzes Wesen durchdrang. Die naiven und rührenden Strophen, die später ihr zu Ehren geschrieben wurden, waren wahr:

Du warst liebevoll und gut, unsere Mathilde,
die Großen und die Kleinen genossen deine Freundschaft und
Milde.

Die Königin wandte sich zum Gehen, und Charlotte verabschiedete sich von Sander mit einem Nicken und einem traurigen Lächeln; doch da ertönten Stimmen, und eine Schar von Damen und Herren kam um die Ecke der Hecke. Darunter befanden sich sowohl Franz von Eichen als auch seine Schwester, die Kammerzofe.

„Du hier, Charlotte, und Monsieur Sander!" rief Eichen aus, ohne sich um die Anwesenheit der Königin zu kümmern.

„Und die Königin", fügte Ihre Majestät in scharfem Ton hinzu. „Wir haben Monsieur Sander hier getroffen, und es war eine angenehme Begegnung für uns und Fräulein Charlotte."

Sie winkte Charlotte zu und schritt dann, gefolgt von ihr, durch den Kreis, während die Damen abwinkten und die Herren sich verbeugten. Sie folgten in einigem Abstand und flüsterten: „Wer war das? Was ist das für ein Herr?"

„Er ist der Hauslehrer der jungen Trolles", sagte Elisabeth von Eichen, „ein impertinentes Bürschchen, das die Familie durch zuviel Nachsicht verdorben hat."

„Er sieht gut aus", sagte eine der Damen. „Charlottes Nachsicht ihm gegenüber ist sehr verständlich."

Ein gedämpftes Lachen ging durch die Runde, denn alle Damen des Hofes waren eifersüchtig auf Charlotte Trolle, weil sie in der Gunst der Königin stand.

Von Eichen, der bleich und stumm vor Verzweiflung stehengeblieben war, wie versteinert und ein Bild wütender Eifersucht, trat nun vor. Er packte seine Schwester am Arm und zerrte sie in einen Seitengang.

„Was denkst du, Elisabeth?" fragte er heftig. „Glaubst du, es war wirklich eine zufällige Begegnung?"

„Ich hoffe es", antwortete sie zögernd, „was die Königin gesagt hat, läßt es uns glauben."

Sie haßte Charlotte Trolle, aber bei dieser intriganten Dame gewann die kühle Berechnung immer die Oberhand über die Leidenschaft. Ihr Bruder war arm, Charlotte Trolle hatte ein beträchtliches Erbe zu erwarten, und eine solche Partie wäre ein großer Gewinn für ihn und die ganze Familie. Sie wollte, daß die Verlobung hielt, und so bemühte sie sich, ihn zu beschwichtigen.

„Wahrscheinlich war es reiner Zufall", beharrte sie. „Vielleicht ist Charlotte einfach so in den Schloßgarten gegangen, um im Grünen zu schwärmen und den schönen Morgen zu genießen. Sie kann tun, was sie will, ohne daß die Königin ein Wort sagt. Sie hat manchmal so kindische Marotten, obwohl sie in letzter Zeit deutlich vernünftiger geworden ist."

„Du bist nicht ganz im Bilde", antwortete von Eichen mit finsterer Miene. „Zwischen Charlotte und diesem plebejischen Schurken besteht seit ihrer Kindheit eine innige Freundschaft; ich habe ihn dabei ertappt, wie er sie mit einem Blick ansah, der mir nicht gefiel. Ich bin gestern auf meinem Weg hierher an ihm vorbeigeritten. Wir sind aneinandergeraten, wenn auch ohne Degen, aber wenn ich mich auf einen Streit eingelassen hätte, wäre es dazu gekommen."

„Ja, Franz", erwiderte Elisabeth mit einem Lächeln, das ihre markanten Züge und schwarzen Augen abstoßend wirken ließ, „du wirst wahrscheinlich eine Dummheit begehen. Sei vernünftig und halte deine kleine wilde Taube nicht zu kurz an der Leine. Ihr Männer seid zu anspruchsvoll, fordert alle Freiheiten für euch, aber gönnt uns Frauen nicht die geringste. Das ist in diesen aufgeklärten Zeiten nicht mehr möglich. Wir sind dabei, die Ketten abzuschütteln, und die meisten Männer sind vernünftig genug, sich damit abzufinden – sich jedoch zu rächen, wo sie nur können."

„Das sind wirklich schöne Prinzipien!" rief Eichen mit einem bitteren Lächeln aus.

„Prinzipien?" wiederholte Elisabeth mit einem Achselzucken. „Rede nicht solchen Unsinn. Es ist unmöglich, sich an so etwas zu halten. Aber zur Sache! Die Verbindung zwischen Charlotte und dir ist arrangiert und zumindest auf ihrer Seite nicht auf Zuneigung begründet. Du kannst von ihr keine glühende Liebe erwarten, die kommt nicht auf Kommando. Aber du kannst froh sein, wenn du keinen anderen Anlaß zum Groll hast als diesen. Selbst wenn sie wirklich eine kleine Schwäche für diesen Monsieur Sander hat, so ist das wahrscheinlich nichts weiter als Kinderei. Charlotte ist noch ein Kind, skandalös naiv und unschuldig; aber wenn du aus dieser Lappalie eine große Sache machst, schaffst du es vielleicht, daß aus dem Spiel Ernst wird."

„Du kennst Charlotte nicht", antwortete von Eichen
barsch. „Sie ist schlauer, als du denkst, und sie hat einen
eigenen Willen; aber ich werde ihn zähmen, und das
wird zu ihrem eigenen Vorteil sein. Ich liebe sie, Elisabeth, darum nehme ich die Sache so genau; sie muß mir
Rechenschaft ablegen über diese – zufällige Begegnung",
fügte er in gehässigem Ton hinzu.

„Ja, liebe sie nur!" erwiderte Elisabeth und dachte: Gott
bewahre mich vor dieser Art von Liebe!

Der wütende Liebende bekam jedoch keine Gelegenheit,
seine Angebetete der peinlichen Befragung zu unterzie-
hen, die er für sie vorgesehen hatte. Kaum war die Königin im Palast angekommen, entließ sie ihr gesamtes Ge-
folge und schloß sich mit ihrem Liebling in ihrem Zimmer ein. Geduld ist selten bei den Mächtigen zu finden,
und diese Tugend entsprach nicht dem Charakter von
Caroline Mathilde. Sie war heißblütig und leidenschaftlich; nicht umsonst floß das Blut der stolzen Welfen in ihren Adern. Sie erkannte, daß Charlotte Trolle ihr einen
Streich gespielt und ihr etwas verheimlicht hatte, und sie
verlangte sofort Rechenschaft.

„Nun, Charlotte", sagte sie und setzte sich auf einen Felsen, während ihr Opfer vor ihr stand und sie mit ängstli-
chem Blick ansah, „lege mir ein umfassendes Geständnis
ab! Du hast mir versprochen, daß du mir nie etwas ver-
heimlichen würdest, aber …"

„Das galt nur für Dinge", warf Charlotte ein, „die Eure Majestät betreffen."

„Unsinn!" erwiderte die Königin. „Davon stand kein Wort in dem Vertrag. Das Versprechen war bedingungslos, und die Verpflichtung ist absolut. Sag mir also: Warst du mit Monsieur Sander verabredet?"

„Darf ich zuerst", fragte Charlotte, „Eurer Majestät das Versprechen abnehmen, daß das, was ich Euch jetzt anvertraue, unter uns bleibt und keinem Menschen, wer es auch sein mag, auch nur angedeutet wird?"

„Man könnte meinen", erwiderte die Königin lächelnd, „daß du einen Prokurator zum Vater hättest. ‚Wer es auch sein mag' ist natürlich von Eichen. Wir geben dir unser königliches Wort darauf – und du gibst mir deinen Sündenkatalog! Komm, setz dich zu mir und fang an!"

Charlotte nahm an der Seite der Königin Platz und erzählte nun wahrheitsgemäß die ganze Geschichte.

„Eure Majestät sehen also", sagte sie schließlich, „daß ich, auch wenn die Sache verdächtig wirkt, ganz unschuldig bin. Ich habe an Sander geschrieben und ihm einen Auftrag erteilt, und dann ist er selbst kommen und hat um eine Unterredung mit mir gebeten."

„Und du hast sofort zugestimmt", sagte die Königin, „und warum ausgerechnet an einem so abgelegenen Ort? Er hätte dich auch hier im Palast aufsuchen können; diese Heimlichtuerei ist sehr verdächtig, Charlotte! Was hatte er dir wirklich zu sagen? Steht das Geheimnis vielleicht in dem Brief, den er dir gebracht hat? Gib ihn mir; ich will ihn lesen!"

„Eure Majestät!" Charlotte rief erschrocken aus.

„Von wem ist er?" fragte die Königin.

„Von Mama", antwortete Charlotte, „er enthält nichts Wichtiges."

„Nun", sagte die Königin, „dann spricht ja nichts dagegen, daß du ihn mir zu lesen gibst."

„Doch, Majestät", antwortete Charlotte, „es ist nicht dazu bestimmt, von jemand anderem als mir gelesen zu werden."

„Familiengeheimnisse?" fragte die Königin.

„Nein, nicht ganz", antwortete Charlotte.

„Nun, dann gib ihn mir!" sagte die Königin ungeduldig.

„Eure Majestät wissen nicht, was Sie tun", antwortete Charlotte in verzweifeltem Ton. „Es könnte Unglück bringen."

„Unglück für wen?" fragte die Königin.

„Für Mama", antwortete Charlotte in tödlicher Verlegenheit.

„Ah", rief die Königin, „so ist das also! Steht in dem Brief etwas Unangenehmes über mich? Und du kleine Intrigantin hast vorhin behauptet, es sei etwas, das mich nichts angeht! Jetzt will ich den Brief sehen. Ich befehle dir, ihn mir auszuhändigen; wenn du dich weigerst, fällst du bei mir in Ungnade, und ich will dich nie wieder sehen!"

Charlotte brach in Tränen aus und sagte: „Ich kann die Ungnade Eurer Majestät nicht ertragen; ich gehöre Euch mit Leib und Seele, sogar bis zum Tod! Alles andere ist mir egal!" Sie holte den Brief aus ihrer Tasche, glättete das zerknitterte Papier und reichte es der Königin.

„Es wird nichts passieren", sagte die Königin, nahm den Brief, stand auf und ging zum Fenster, um ihn zu lesen, während Charlotte sie ängstlich beobachtete. Die Königin überflog die erste Seite des Briefes, doch dann kam sie zu der verhängnisvollen Stelle, die lautete:

Die Königin ist liebenswürdig und gütig, aber sie ist jung und hat wenig Erfahrung. Sie ist von frivolen Damen umgeben, deren schlechtes Beispiel anstecken kann. Sie steht nun allein da, verlassen und vielleicht sogar gehaßt von demjenigen, der ihr Beschützer sein sollte und der, zumindest im Moment, weit weg ist. Auch der Schutz vor der um sich greifenden Unmoral und dem niederträchtigen Ton, den unsere fromme alte Königinwitwe der Königin in Gestalt der ehrwürdigen Louise von Plessen zur Seite gestellt hatte, ist nun endgültig weggefallen. Ich weiß über das Leben am Hof von Frederiksborg Bescheid, und vieles von dem, was ich höre, ist nicht gut. Die liebe Königin ist offensichtlich sehr unvorsichtig. Sie mißachtet die Etikette, und die ist, wenn schon kein sicherer Schutz vor Lastern, so doch wenigstens vor Verleumdung. Wenn eine Dame gegen die Form verstößt und die Meinung der Leute ignoriert, befindet sie sich auf einem gefährlichen Weg. Und was soll man dazu sagen, wenn die Königin es tut, die so wei oben steht, auf die alle Augen gerichtet sind und deren Beispiel von so großer Bedeutung ist, besonders für die Menschen in ihrer Umgebung? Ich will nicht mehr darüber schreiben, sondern nur noch sagen, daß ich mit Sorge an Dich denke, die Du nun ohne den Rat und die Hilfe Deiner Eltern auskommen mußt. Ich habe erwogen, Dich in Dein sicheres Zuhause zurückzurufen, aber Dein Vater will nichts davon hören. Du mußt Deinen Kampf allein ausfechten, bis Du verheiratet bist; von Eichen kann nicht immer in Deiner Nähe sein; aber wir müssen bald an die Hochzeit denken. Nimm Dich in Acht, mein liebes Kind, schöpfe Kraft aus Gebeten, und laß Dich von niemandem zu etwas verleiten, das Dich erröten läßt.

Als die Königin den Brief zu Ende gelesen hatte, ließ sie ihn sinken und schaute Charlotte mit einem Blick an, aus dem sehr gemischte Gefühle sprachen. Dann brach sie in Lachen aus und sagte: „Nun, Charlotte, da hat sie uns aber ordentlich die Leviten gelesen!"

Charlotte war schon erleichtert, daß die Königin die Sache von der komischen Seite sah, doch das Lachen Ihrer Majestät klang nicht wirklich fröhlich, und es war auch nur die Ruhe vor dem Sturm. Die Königin warf den Brief zum Fenster hinaus, ging mit verschränkten Armen im

Zimmer auf und ab, blieb plötzlich vor Charlotte stehen und fragte:

„Was sagst du zu diesem Brief? Wie wirst du ihn beantworten?"

„Ich war wütend, als ich ihn las", sagte Charlotte, „es brodelt noch immer in mir."

„Nun", sagte die Königin, „du hast mehr Grund, zornig zu sein, als ich. Ich", und sie warf den Kopf in den Nacken, „bin mir keiner Schuld bewußt. Es beeinträchtigt meine Würde nicht, daß ich mir hier in unserer ländlichen Einsamkeit unnütze Zeremonien erspare, mich wie andere Leute frei bewege und mir nicht ständig Hermelinflöhe im Pelz sitzen. Oh", brauste sie plötzlich auf, „wie kann ich mich gegen die Beschimpfungen verteidigen, die deine Kopfhängerin von Mutter geschrieben hat!" Wieder schritt sie einige Male im Zimmer auf und ab, blieb dann vor Charlotte stehen, die ganz betreten dastand, und sagte in verächtlichem Ton: „Aber du, *ma chère*, die du diese mütterliche Warnung, gespickt mit Seitenhieben gegen deine Königin, erhalten hast, während du dich mit einem Amadis hinter einer Hecke getroffen hast ..."

„Aber das ist doch gar nicht der Fall, Eure Majestät", rief Charlotte aus.

„Nein?" fragte die Königin mit einem Lächeln. „Du hast mir selbst gesagt, daß du ihn dort getroffen hast. Was sollte dich daran hindern, ihn hier im Palast zu empfangen, in deinem eigenen Zimmer oder, wenn dir das nicht paßt, in meinem Vorzimmer oder unten im Salon?"

„Ich will Eurer Majestät eine ehrliche Antwort geben", sagte Charlotte, „es lag daran, daß von Eichen gestern hier war. Er mag Monsieur Sander nicht, und wenn er mich in seiner Gesellschaft angetroffen hätte, hätte es vielleicht eine Szene gegeben."

„Ich fürchte", sagte die Königin in scharfem Ton, „daß dein Verlobter guten Grund hat, diesen Monsieur Sander zu hassen. Ich habe dich gesehen, *ma chère*, bevor du mich bemerkt hast, und ich kann in Augen lesen, besonders in solchen, die ich so gut kenne wie deine."

„Jetzt sind Eure Majestät ungerecht und grausam!" rief Charlotte entrüstet aus und errötete tief.

„Pah!" sagte die Königin. Sie drehte sich um, ging zum Fenster und wieder zurück. „Ihr seid alle gleich, und du bist auch nicht besser als die anderen. Ihr alle betrügt eure Männer oder Liebsten und lauft anderen Männern nach!"

Jetzt wurde Charlotte ebenso blaß, wie sie vorher rot gewesen war. Das Blut der Trolles, das gemeinsam mit dem der Gersdorffs in ihren Adern floß, geriet in Wallung. Sie sagte mit einer Miene und in einem Ton, die genauso stolz waren wie die der Königin: „Eure Majestät kränken meine Ehre. Das kann ich nicht dulden. Ich bitte hiermit um meine Entlassung."

Da schlang die Königin die Arme um sie, gab ihr einen Kuß, setzte sich auf den Felsen und zog sie neben sich. „Ruhig Blut, Charlotte!" sagte die Königin und tätschelte ihr die Wange. „So dürfen wir nicht auseinandergehen."

„Aber wenn Eure Majestät so schlecht von mir denken", erwiderte Charlotte unbesänftigt, „und so leicht, ohne Beweise, den Stab über mir brechen, dann ..."

„Oh, du bist ein Kind gegen mich", sagte die Königin, „ein Kind, was die Erfahrung betrifft. Du verstehst mich überhaupt nicht." Sie schwieg einen Moment lang, sagte dann aber mit gedämpfter Stimme: „Ich verachte dich nicht, ich beneide dich. Ja", fuhr sie mit leuchtenden Augen fort, „ich beneide dich, weil du jemanden hast, den du liebst. Nicht um von Eichen beneide ich dich, sondern um den anderen! Sag nichts! Ich weiß, du bist keusch, aber du liebst ihn, und er scheint der Liebe einer Frau würdig zu sein."

Die Königin hielt Charlottes Hand in der ihren und fühlte, wie sie kalt wurde; das ganze Blut war zu Charlottes Herz geströmt, und sie fühlte sich schwindlig; aber sie überwand diesen kleinen Anfall von Schwäche schnell.

„Ich sage das nicht, um dich in Versuchung zu führen", beharrte die Königin, „sondern um dich zu warnen. Du hast nicht nein gesagt, also liebst du den Mann, von dem wir vorhin sprachen, und ..."

„Ich weiß es selbst kaum", rief Charlotte in einem Ton aus, der den großen Schmerz verriet, den sie empfand, „jedenfalls habe ich es bis heute nicht gewußt; es klang in meinen Ohren seltsam, als Eure Majestät es sagte."

„Das ist nichts Schlimmes", erwiderte die Königin, „es wäre dir so oder so klargeworden. Oder jemend anders wäre an Monsieur Sanders Stelle getreten, denn es steht fest, daß du deinen Verlobten nicht liebst. Bedenke, Charlotte, was es für ein Mädchen mit deinem warmen Herzen bedeutet, eine Ehe mit einem Mann einzugehen, den du nicht liebst; aber der andere kann niemals dir gehören. Das ist es, was ich dir sagen wollte; du solltest deine Lage sehen, wie sie ist, und dir überlegen, worauf du dich einläßt. Du mußt dein Herz dreifach panzern, sonst wirst du wie alle anderen." Die Königin schwieg einen Augenblick, sagte dann aber in heftigem Ton: „Ich kann bei diesem Thema mitreden, denn ich habe Erfahrungen gemacht – jedoch nur in meinem Herzen, danach gehandelt habe ich nie und werde es wahrscheinlich auch nie. Mein Herz brennt in meiner Brust, Charlotte, und ich habe niemanden, den ich lieben kann. Doch, ich habe jemanden", korrigierte sie sich und klang plötzlich wieder froh, „nämlich meinen kleinen Sohn, und dann noch dich, wenn du bei mir bleibst."

In ihrer tiefen Rührung vergaß Charlotte, daß es die Königin war, die neben ihr saß. Sie schlang Caroline Mathilde die Arme um den Hals und wurde nicht weggestoßen, sondern herzlich umarmt und geküßt.

Charlotte sah die Königin an diesem Tag nicht mehr. Ihre Majestät blieb in ihrem Gemach, aß dort allein und erschien nicht vor dem Hof; aber sie schickte nach von Eichen und führte ein Gespräch mit ihm. Worum es ging, erfuhr niemand; aber seine Schwester vermutete, daß die Königin ihre schützende Hand über ihre Lieblingshofdame gehalten und ihn gewarnt hatte, denn er zog Charlotte für ihr Treffen mit Sander nicht zur Rechenschaft. Dennoch wurde das Verhältnis zwischen den Verlobten noch angespannter als zuvor. In ihm kochte es offenbar, während sie zu einem Eiszapfen wurde, wenn er sich ihr näherte.

Die Königin, die ihr Kind selbst stillte, hatte den erst fünf Monate alten Kronprinzen Frederik den größten Teil des Tages bei sich. Sie wiegte das Kind, verwöhnte es, scherzte mit ihm und sang ihm Schlaflieder in ihrer Muttersprache vor. Den Abend verbrachte sie ganz allein. Ihre älteste und vertrauteste Hofdame, Engel Marie Ahrensbach, berichtete Charlotte Trolle am nächsten Morgen, daß Ihre Majestät sehr spät zu Bett gegangen sei. Bis spät in die Nacht sei sie in ihrem Gemach auf und ab gegangen, bis auf eine kurze Zeit, in der sie am Klavier gesessen und einige englische Lieder gesungen hatte. Niemals, so versicherte Ahrensbach, habe sie die Königin so schön singen hören wie an diesem Abend. Dann ging Ihre Majestät zum Fenster und blieb dort blieb lange stehen. Zweimal hatte Ahrensbach leise die Tür geöffnet, aber die Königin rührte sich nicht von der Stelle, bis sie schließlich läutete und zu Bett ging.

Als Charlotte Trolle am Morgen zur Königin gerufen wurde, mußte sie eine Stunde warten, da die Königin im Kinderzimmer war. Sie ging zum Fenster, blieb dort stehen und schaute auf den See hinaus. Da sah sie in eine der Scheiben Worte eingraviert, die vorher nicht da gestanden hatten. Sie lauteten:

God keep me innocent and make others great.

Dank des Englischunterrichts, den Charlotte Trolle von Sander erhalten hatte, konnte sie die Bedeutung der Worte entziffern:

„Gott, laß mich unschuldig bleiben und andere groß werden."

Diese frommen Worte trieben Charlotte Trolle die Tränen in die Augen. Die Handschrift war die der Königin, und die Worte waren ein Seufzer aus der Tiefe ihres Herzens, ein Zeugnis für den Kampf, den sie mit ihrem nach Liebe dürstenden Herzen führen mußte. Hatte sie diese Inschrift in das Fenster geritzt, weil sie ahnte, daß sie früher oder später an diesem Kampf zugrundegehen würde?

Hundert Jahre lang stand diese Inschrift dort und wurde von Tausenden gelesen, bis das Glas bei dem Brand des alten Schlosses zerstört wurde. Aber die Worte blieben erhalten und dienten als Zeugnis dafür, daß sie gegen die bösen Mächte, die sie schließlich überwältigten, ankämpfte.

4. Zaïre

Das Jahr 1769 war in vollem Gange, es war Herbst, und der Hof hielt sich auf Schloß Frederiksberg auf. Bereits im Januar war der König von seiner achtmonatigen Auslandsreise zurückgekehrt, auf der er man ihn mit Komplimenten für seinen fürstlichen Anstand, seinen Geist und seine Großzügigkeit überschüttet hatte. Er war als völlig anderer Mensch zurückgekehrt; er war nun schweigsam und brütete vor sich hin. Einige sagten, die Reise hätte ein Wunder bewirkt, der König sei vernünftig geworden. Andere meinten, es sei nur Trägheit; der König sei mit seinen zwanzig Jahren ein alter Mann, der langsam aber sicher geistig abstumpfte. Man konnte fast glauben, daß der König seine Umgebung durchschaute und die Gedanken aller Menschen lesen konnte; in der Tat schien es ihm Vergnügen zu machen, die Leute durch Überraschungen in Atem zu halten.

Manchmal benahm er sich wie ein Verrückter und spielte wie ein Kind mit dem schwarzen Jungen Moranti und dem dänischen Jungen Jørgen, die immer bei ihm waren. Dann waren Bernstorff und die anderen Minister der Verzweiflung nahe, weil der Regent sich so unmöglich aufführte. Dann wieder nahm er sich plötzlich zusammen, repräsentierte die Krone auf würdige Art und hielt vor den Gesandten anderer Länder vortreffliche Reden. Doch gleich nach einem solchen feierlichen

Auftritt konnte es passieren, daß man ihn unten im Garten mit Moranti und Jørgen Bocksprünge machen sah.

Es war ein ruhiger, klarer Septembertag, die Sonne warf ihr mildes Licht auf den Schloßpark von Frederiksberg und hatte dort viel mehr Spielraum als in unseren Tagen; denn der Garten war damals ganz anders als heute. Er war von breiten, gleichmäßigen Wegen durchzogen, die vom Schloßhügel in alle Richtungen führten, und in Vierecke unterteilt, in deren Mitte Springbrunnen oder Statuen standen. Geschnittene Hecken mit Taxussträuchern säumten die Wege, und sogar die Bäume der Allee waren mit der Schere bearbeitet worden. Nur die kleinen Büsche blieben von dieser Tyrannin verschont, aber die Blumenbeete waren geformt wie Schnecken und Arabesken. Es gab keine Gewässer bis auf das um die Enteninsel, doch bei der Schloßterrasse brauste ein Wasserfall in ein Becken mit Springbrunnen hinunter. Trotz all seiner Steifheit war der Garten ein prächtiger Anblick, überall ertönte erfrischendes Plätschern, und die Wassertropfen glänzten im Sonnenlicht.

Eine Dame und ein Herr schritten einen Seitenweg entlang. Die viereckig geschnittenen Kronen der Linden spendeten nur wenig Schatten. Das schöne geblümte Seidenkleid der Dame wurde von einem steifen

Fischbeinkorsett gehalten, und das fest geschnürte Mieder betonte ihre füllige Brust noch mehr. Auf dem lockigen, hochgesteckten, sehr hellen Haar, das mit einer Perlenschnur verziert war, trug sie nur einen Schleier, doch in der Hand hielt sie einen Sonnenschirm, der ihre zarte Haut beschützte.

Der Herr zu ihrer Linken war hochgewachsen, hatte breite Schultern und wirkte sehr vornehm. Er trug einen blauen Gehrock mit goldenen Verzierungen, schwarze Hosen, Seidenstrümpfe und Schuhe mit Silberschnallen; seine Beine waren wohlgeformt, und er trug keine Kopfbedeckung, wenn man das von einem Kopf sagen kann, der eine Perücke aufhatte. Wahrscheinlich hätte er jedoch auch noch seinen Hut aufgehabt, wenn ihn die Etikette nicht gezwungen hätte, ihn unter dem Arm zu tragen.

Sie unterhielten sich angeregt, verstummten aber, als sie an zwei Männern vorbeikamen, die an einer der Hecken standen. Der eine war Gärtner und arbeitete mit seiner Schere, der andere war Garbes, der Fasanenmeister. Beide zogen den Hut und verbeugten sich tief. Die Dame antwortete mit einem kleinen Nicken, und der Herr zeigte sich so taktvoll, den Gruß nicht zu erwidern, der nur der Dame galt, denn es war die Königin.

Als sie vorbeigegangen waren, hielt der Gärtner inne und sah ihnen nach. „Aber war das nicht Struensee", sagte er,

„der Doktor, den der König aus dem Ausland mitge-
bracht hat?"

„Gewiß, Søren", antwortete Garbes und nickte lächelnd.
Aber nennen Sie ihn nicht Doktor. Sein Doktor ist das
wenigste, was er zu bieten hat, denke ich. Er ist Lektor,
das heißt Vorleser, sowohl beim König als auch der Königin, und er ist Staatsrat geworden. Er findet Gehör
beim König und ist auch bei der Königin wohlgelitten.
Das siehst du daran, daß sie hier ganz allein mit ihm spa-
zierengeht."

„Aber es kommt mir seltsam vor", antwortete Søren.
„Keine der früheren Königinnen hat sich auf diese Weise
amüsiert. Juliane Marie hatte immer eine lange Reihe von
Hofdamen hinter sich, und was die Alte auf Hørsholm
betrifft, so wagten wir es nicht, uns ihr auf hundert Ellen
zu nähern, wenn sie hier im Garten spazierenging. Das
war in der Zeit von König Christian, Gott habe ihn selig."

„Das macht nichts, Søren", antwortete der Fasanenmeister. „Wir sollten uns nicht über die Königin mokieren.
Wir haben noch nie eine so sanftmütige und gütige Herrin gehabt; laß sie spazierengehen, mit wem sie will."

Hätte Struensees Freund Rantzau-Ascheberg, der noch
immer verzweifelt seufzte, diese kleine Unterhaltung gehört und Struensee in seiner neuen Rolle als Höfling gesehen, so hätte ihn das getröstet und erfreut. Hätte er aber

das Gespräch zwischen der Königin und Struensee gehört und erkannt, wie listig sich sein Bundesgenosse seinem großen Ziel näherte, hätte sich seine Freude zur Bewunderung gesteigert.

„Ja", sagte die Königin und nahm den Faden des unterbrochenen Gesprächs wieder auf, „Sie haben Wunder beim König gewirkt und eine Aufgabe gelöst, an der allen anderen, selbst Reverdil, gescheitert sind."

„Reverdil", antwortete Struensee achselzuckend, „ist höchst ehrenhaft, sehr gelehrt, nicht ohne gesunden Menschenverstand, aber ein gnadenloser Prinzipienreiter. Anstatt den König bei Laune zu halten, erzählte er ihm unangenehme Wahrheiten. Da ist er natürlich in Ungnade gefallen und hat es nicht besser verdient."

„Ja", antwortete die Königin, „das kann man wohl sagen. Sie haben den König zur Vernunft gebracht. Jetzt erweist er mir die Achtung, die er seiner Gemahlin schuldet. In der Vergangenheit wurde ich manchmal in einem Maße beleidigt, das Sie sich kaum vorstellen können. Selbst Holck durfte frech zu mir sein, ohne daß der König sich darum kümmerte oder ihn in seine Schranken wies. Mein Herz drängt mich, Ihnen zu sagen, daß ich Ihnen für den großen Dienst, den Sie mir erwiesen haben, unendlich dankbar bin."

„Es ist mir eine unaussprechliche Freude, Eure Majestät dies sagen zu hören", antwortete Struensee. Der Blick seiner funkelnden Augen ruhte auf der bewegten Miene der Königin. „Eure Majestät mit Eurem hohen Gemahl zu versöhnen, war das Ziel all meiner Bemühungen."

„Und Sie haben es erreicht", sagte die Königin warm, „weil Sie Taktgefühl mit dem besten Willen verbinden; und außerdem besitzen Sie eine sehr seltene Eigenschaft: Sie verfolgen keine eigenen Interessen!"

Struensee konnte das Kompliment annehmen, da er sich bisher wirklich zurückgehalten und um keine Gunst gebeten hatte. Er antwortete jedoch mit der Offenheit, die eine seiner guten Eigenschaften war: „Majestät loben mich zu sehr. Es gibt kaum einen wirklich uneigennützigen Mann, und ich wage nicht zu behaupten, daß ich einer bin; aber ich bin kein Intrigant. Ich bin zu stolz, um mich in die große Schar der untertänigen Bittsteller einzureihen und mich Demütigungen auszusetzen. Außerdem glaube ich, daß die Ehrungen, die der König mir zuteilwerden lässt, eine angemessene Belohnung für meine bescheidenen Verdienste als Arzt und Lektor sind."

„Bescheidene Verdienste als Arzt!" rief die Königin aus. „Sie haben sich unermüdlich um die Gesundheit des Königs gekümmert und mich davor bewahrt, ein Krüppel zu werden. Wie elend ging es mir, als der König nach

Hause kam; ständig litt ich unter Übelkeit und Herzklopfen, und dann dieses furchtbare Rauschen des Blutes in den Ohren. Den anderen Ärzten fiel nichts Besseres ein, als mir Pillen und Tränke zu einzutrichtern, aber Sie ..."

„Ich", warf Struensee lächelnd ein, „hatte die unerhörte Kühnheit, Eurer Majestät Spaziergänge und Ausritte zu verordnen. Die Königin von Dänemark aufzufordern, die schmutzige Erde wie gewöhnliche Sterbliche zu betreten und sich zu Pferde in den Straßen zu zeigen – das haben mir die Sittenstrengen nicht verziehen, und ich habe mir den Unmut Ihrer beiden Majestäten, der Königinnenwitwen, besonders der Königin Juliane Marie, zugezogen."

„Ach, was soll's", antwortete die Königin und schüttelte den Kopf. „Ich bin stolz darauf, daß ich all den Zwang und die Unnatürlichkeit, die unser Geschlecht beschämen, abgeschüttelt habe."

„Ja, denn Eure Majestät besitzen die geistige Größe weniger Auserwählter", sagte Struensee. „Aber bei den meisten Damen ist der Schaden irreversibel. Was auch immer es mit dem auf sich hat, was sie Moral und Tugend nennen, sie wahren den Anstand."

„Daß ich zu Fuß gehe, statt mich fahren zu lassen", sagte die Königin, „und im Herrensitz reite, hat nichts mit Tugend oder Unmoral zu tun."

„Ja", antwortete Struensee und blickte nachdenklich vor sich hin, „es ist schwierig, die Tugend zu definieren und zu bestimmen, woraus sie besteht. Es ist eine echte Störung, denn das herrschende Moralsystem wurde von den Geistlichen ersonnen, um die Menschen zu Sklaven zu machen. Als ich ein Junge war und zur Schule ging, drohte mir mein Vater mit dem ewigen Feuer, weil ich Manschetten und weiße Strümpfe trug. Eitelkeit, sagte er, führt schließlich in die Hölle. Ich habe mich dann gefragt: Wenn es einen Gott gibt, kann er dann so grausam sein? Dann habe ich mich gefragt: Kann es überhaupt eine Hölle geben? Diese und einige andere Fragen haben mich mehrere Jahre lang beschäftigt, und ich bin schließlich zu dem Schluß gekommen, daß es weder eine Hölle noch eine andere Strafe gibt als die, die wir uns durch unsere eigenen Dummheiten selbst auferlegen. So sind wir hier im Leben genug bestraft; eine Bestrafung nach dem Tod scheint mir völlig überflüssig."

Struensee hatte diesen Ton der Königin gegenüber schon früher angeschlagen, wenn auch vorsichtiger. Seine materialistischen Ansichten waren nicht seinem eigenen Hirn entsprungen, denn er war kein echter Philosoph, sondern nur von den großen Geistern seiner Zeit – Voltaire, Rousseau und den Enzyklopädisten – ausgeliehen. Die Königin hatte schon in ihrer frühen Jugend die damaligen Hauptwerke gelesen und hatte eine Vorstellung davon, daß die anbrechende Aufklärung des Jahrhunderts Unglaube und Gottesleugnung war. Die begabtesten Männer vertraten diese Ansicht, und sie war gewohnt, noch Schlimmeres zu hören, denn sogar der König selbst trieb seinen Spott mit der Religion. Deshalb war sie nicht überrascht von Struensees Weltanschauung. Sie fand dieses Gespräch interessant und dachte: Er ist jedenfalls ein ehrlicher Mann, der offen zu dem steht, was er denkt.

Das Gift des Unglaubens, das er in ihrem Herzen und denen aller Frauen, die sich ihm öffneten, säen wollte, drang jedoch nicht bis in ihr Innerstes vor, denn sie war keine skeptische Natur, sondern dafür geschaffen, zu glauben. Sie ließ sich also nicht überzeugen, aber doch verwirren, und ihre moralische Kraft ließ langsam nach.

„Dann", entgegnete sie beiläufig, „gibt es in Ihren Augen weder Tugend noch Laster und schon gar keinen Gott?"

„Doch, Majestät", antwortete er, „ich glaube, daß es einen Gott gibt, der die Welt und uns erschaffen hat; aber ich glaube, daß wir ihm gegenüber keine andere Pflicht haben als die Bewunderung für seine Größe und die Dankbarkeit für unsere Existenz. Ich denke, nachdem er die Maschine gebaut und in Gang gesetzt hat, läßt er sie laufen. Wir Menschen sind ja auch eine Art Maschine, eine Uhr, die aufgezogen wird, wenn wir geboren werden, und tickt, bis sie abgelaufen ist. Damit ist alles vorbei. Gott hat uns geschaffen, damit wir unser kurzes Leben genießen; er hat uns Gefühle und Leidenschaften gegeben, deren Erfüllung das einzig wahre Glück ist. Doch wir haben Pflichten, erstens die gegen uns selbst, daß wir uns nicht durch Übertreibung zerstören, zweitens gegen die Gesellschaft, daß wir anderen nicht schaden. Aber mit diesen beiden Vorbehalten dürfen wir das Leben in vollen Zügen genießen."

Seine Zuhörerin war sehr aufmerksam, doch die Glücksmoral, von der er sprach, war so oberflächlich und unhaltbar, daß ihr ungeübter, aber klarer Verstand sofort eine von deren schwachen Seiten erkannte.

„Es hat einen gewissen Sinn", antwortete sie. „Nur verstehe ich nicht, wie man all seine Leidenschaften befriedigen kann, ohne anderen zu schaden. Aber lassen Sie uns nicht mehr davon sprechen", fügte sie in abweisendem Ton hinzu, „das ist mir zu hoch."

So wurde Struensee einer Antwort enthoben und war zufrieden damit, denn er hatte das Gefühl, daß er sich schon zu weit vorgewagt hatte. Er erinnerte sich, wie schwer es anfangs gewesen war, sich der Königin zu nähern. Sie wollte ihn nicht als Arzt akzeptieren, doch der König hatte darauf bestanden und ihr Struensee aufgezwungen, weil es ihm eine Erleichterung war, einen Vermittler zwischen ihr und sich zu haben. So wurde sie in die Arme eines Mannes getrieben, der sich damit rühmte, daß keine Frau ihm widerstehen könne. Unter Ausnutzung der Umstände, mit seiner seltenen Gabe, zu fesseln und zu unterhalten, mit Verdiensten, aber vor allem mit der wundersamen Macht, die er über den König gewonnen hatte, machte er sich nun bei der Königin unentbehrlich. So abhängig war sie von ihm, daß sie nichts mehr allein konnte. Sie machte keinen Schritt, ohne ihn um Rat zu fragen, in den gemütlichen Vorlesestunden imponierte er ihr, und bald konnte sie nicht mehr auf ihn verzichten. Mittlerweile war schon ihr Herz mit ihm Spiel, und nun strebte sie nur noch danach, Struensee zu erhöhen und seine Position zu festigen. Dieses Problem beschäftigte sie viel mehr als alle Philosophie der Welt.

Sie waren zu einem kleinen Pavillon bei einem der Büsche gekommen.

„Kommen Sie", sagte sie, „wir werden uns ein wenig ausruhen, bevor wir nach Hause zurückkehren".

Sie setzte sich auf eine der Bänke des Pavillons und forderte ihn auf, auf der Bank gegenüber Platz zu nehmen.

Sie fing wieder an, über ihre veränderte Beziehung zum König zu sprechen, und Struensee nutzte die Gelegenheit, einen kleinen Versuchsballon loszuschicken, dessen Etikett lautete: Bescheidenheit.

„Nun", sagte er, „da es mir gelungen ist, Eure Majestät mit dem König zu versöhnen, ist meine Arbeit getan. Ich ziehe mich wieder in den Schatten meiner bescheidenen Stelle als Reisearzt und Vorleser zurück, ja, es wäre wohl am klügsten, wenn ich Abschied nehmen und in meine glückliche und unabhängige Position als Arzt in Altona zurückkehren würde." Er ahnte nicht, welch schreckliche Wahrheit in diesen scherzhaft gemeinten Worten lag. Mit heimlicher Genugtuung nahm er den Ausdruck von Kummer und Enttäuschung zur Kenntnis, der über das Gesicht der Königin huschte.

„Man sieht", sagte sie, „daß Sie es satt haben, hierzusein. Sie meinen wohl, daß Ihre Verdienste nicht genug anerkannt werden."

„Ich denke", antwortete er, „daß meine Verdienste heikler Natur sind. Es liegt im Interesse des Königs und Ihrer Majestät, daß sie nicht allzu bekannt werden. Ich sollte mich nicht in den Vordergrund drängen. Es wäre auch anmaßend von mir, zu glauben, ich sei unentbehrlich. Ihre Majestät sind der Situation nun allein gewachsen und brauchen keinen Helfer mehr." Und er senkte den Blick.

Die Augen der Königin funkelten, und sie rief: „Struensee, ich dachte, ich hätte in Ihnen nicht nur einen ergebenen Diener, sondern auch einen wahren Freund gefunden, und nun wollen Sie den König und mich im Stich lassen?"

„Oh, Majestät", antwortete Struensee, „ich bin tief gerührt von dem Vertrauen, das Sie mir erweisen. Wenn Sie wirklich meinen, daß Sie meine Dienste noch brauchen, bleibe ich natürlich trotz all der Schwierigkeiten, die meine Position mit sich bringt."

„Ja, das meine ich", sagte die Königin mit Nachdruck, „wie können Sie daran zweifeln? Es bringt nichts, die Wahrheit zu verschleiern. Wenn Sie jetzt das Spielfeld verlassen, werde ich viel verlieren, vielleicht sogar alles. Jetzt spreche ich nicht als Königin mit Ihnen, sondern als Freundin. Sie bleiben also? Geben Sie mir Ihre Hand darauf!"

Struensee erhob sich, nahm die ausgestreckte Hand der Königin und drückte sie, dann führte er sie ehrerbietig an seine Lippen und hielt sie noch eine Weile. Er sagte: „Oh, Majestät, ich bin Ihnen mit Leib und Seele ergeben. Ich kann mir kein größeres Glück vorstellen, als Ihnen zu dienen! Ihr Wunsch ist mir Befehl, jetzt, da ich ihn kenne. Aber wie hätte ich es wagen können, auf eine so große Gnade zu hoffen, bevor Sie es ausdrücklich gesagt haben?"

Er sagte dies tief bewegt und mit Tränen in den Augen. In diesem Moment blitzte ein Funken echter, aufrichtiger Liebe in seiner ehrgeizigen Seele auf, doch gleichzeitig war er überzeugt, daß er nun sein Ziel erreicht hatte. Im Bund mit der Königin fühlte er sich unbesiegbar. Alles fügte sich so wunderbar für ihn, daß seine Gedanken zum Himmel gingen und er der Vorsehung dankte, an die er trotzdem nicht glaubte.

„Setzen Sie sich", sagte die Königin mit unsicherer Stimme, als er ihre Hand losgelassen hatte. „Lassen Sie uns in Ruhe über die Angelegenheit sprechen. Ihre Stellung beim König muß gestärkt werden, aber dazu müssen wir vor allem Holck loswerden. Er muß gehen."

„Ja, Majestät", antwortete Struensee mit gesenktem Kopf, „das ist unbedingt notwendig. Holck ist Ihr unerbittlicher Feind. Ich hatte schon ein paar sehr unangenehme Begegnungen mit ihm. Aber die Zuneigung des Königs zu ihm kühlt allmählich ab. Er ist so leichtsinnig, sich allein zu amüsieren und den König alleinzulassen; wir werden ihn schon noch los!"

„Das wird nicht so einfach, wie Sie denken", antwortete die Königin, „aber ich hoffe, es wird gelingen. Damit ist jedoch noch nicht alles getan, ja, eigentlich sogar sehr wenig. Holck kann zwar mir schaden, aber er hat keinen Einfluß auf den Gang der Dinge, er ist ein Taugenichts und ganz ohne politischen Ehrgeiz."

Die Königin schwieg, und Struensee sah sie gespannt an.

„Die Macht", beharrte sie, „liegt in Bernstorffs Hand. Wollen Sie es wagen, sich mit ihm zu verbünden?"

„Mit der Gunst Eurer Majestät im Rücken", antwortete Struensee mit blitzenden Augen, „wage ich es, mich mit jedem zu verbünden."

„Verlassen Sie sich nicht zu sehr auf mich", erwiderte die Königin mit einem Seufzer. „Ich kann nur wenig tun. Ich werde Ihnen beistehen, aber diesen Stein müssen Sie selbst heben, und es wird Ihnen schwerfallen. Wenn etwas im König verwurzelt ist, dann sein Respekt vor Bernstorff. Wenn Seine Majestät sich den Staatsgeschäften gegenüber so gleichgültig zeigt, so liegt das zum Teil daran, daß er sie bei Bernstorff in den besten Händen wähnt. Versuchen Sie nur, ihn anzutasten, Sie werden sehen, wie der König aufbraust! Bernstorff kommt mit seinem oldenburgischen Machtwechseltraktat, und Rußland steht hinter ihm. Mit anderen Worten: Seine Majestät scheint zu glauben, daß Bernstorffs Entlassung fast einer Kriegserklärung an Rußland gleichkäme, und er zittert vor der Zarin in Petersburg."

„Ich bewundere den Scharfsinn Eurer Majestät", erwiderte Struensee mit seinem einnehmenden Lächeln.

„Man hat den Eindruck, daß Sie nur mit Ihren Mutterpflichten und dem Hofleben beschäftigt sind, und doch entgeht Ihnen nichts! Es ist genauso, wie Eure Majestät sagen, und ich sehe die Schwierigkeit der Aufgabe. Wir müssen sehr vorsichtig sein und uns Zeit lassen; aber glauben Sie mir, wenn wir Geduld haben und durchhalten, werden wir Erfolg haben."

„Oh", rief die Königin, „wie gut es tut, Ihnen zuzuhören! Sie sind ein Mann, Sie sind sich Ihrer Stärke bewußt und ein echter Fels in der Brandung. Nun will ich Ihnen etwas sagen. Wenn ich mir so sehr wünsche, Sie an der Seite des

Königs zu sehen und die Macht in Ihre Hände zu legen, dann nicht nur, um meine eigene Position zu festigen, sondern um des Königreichs, des Volkes und sogar des Königs selbst willen. Die alten Minister aber sind bei all ihrer Klugheit blind für die Erfordernisse der Zeit. Sie, Struensee, haben mir die Augen dafür geöffnet, und ich habe volles Verständnis für Ihre klugen, liberalen und humanen Ansichten. Die Unterdrückten aufrichten, Mißstände abschaffen, die vielen krassen Ungleichheiten und Ungerechtigkeiten, die unsere Gesellschaft beschämen, ausgleichen – das ist es, was Sie wollen. Ich wäre eine schlechte Landesmutter, wenn ich nicht wollte, daß die Leitung des Staates in die Hände eines Mannes mit Ihren großen Fähigkeiten, Ihrer seltenen Einsicht und Ihrer warmen menschlichen Güte gelegt wird."

Sie sagte das mit fester Überzeugung. Es war offensichtlich keine Laune oder der Ausdruck einer vorübergehenden Stimmung. Abgesehen davon, daß sie Struensees Fähigkeiten überschätzte, waren es reife Worte aus dem Mund einer Achtzehnjährigen. Doch sie war schon mit fünfzehn voll entwickelt gewesen, sowohl geistig als auch körperlich, und war ihrem Alter an Reife und Verstand weit voraus.

„Was soll ich auf dieses große Lob antworten?" rief Struensee. „Worte reichen nicht, es müssen Taten folgen! Hoffentlich werden die meinen die großen Erwartungen

Ihrer Majestät nicht zu sehr enttäuschen! Ich spüre deutlich, daß ich nur mit der Hilfe Eurer Majestät etwas erreichen kann, vorausgesetzt natürlich, daß der König meine Dienste in Anspruch nehmen will."

„Ja, vergessen Sie das nicht!" sagte die Königin mit Nachdruck. „Letztendlich hängt alles vom Willen des Königs ab."

Struensee nickte bekräftigend. Er hatte den König wirklich fast vergessen, so groß war sein Eifer, der Königin begreiflich zu machen, daß sie das Zentrum der Macht sein sollte. Man kann nicht behaupten, daß diese Perspektive Caroline Mathildes Eitelkeit nicht schmeichelte, obwohl sie ansonsten keine Neigung hatte, sich in die Regierung oder Politik einzumischen. Das wußte Struensee genau. Wenn er erst einmal die Zügel in der Hand hätte, würde er den Staatswagen lenken, wohin er wollte, aber seine kluge Herrscherin erinnerte ihn daran, daß man die Fiktion, der König mache alles selbst, aufrechterhalten werden mußte. Das merkte er sich.

Sie gingen durch den kleinen, abgeschiedenen Garten, der den Herrschaften vorbehalten war, zum Schloß zurück. Als sie sich einem Gebüsch näherten, hörten sie eine klare, wohlklingende Stimme, die auf Französisch deklamierte, und einen Augenblick später wurden sie Zeugen einer seltsamen Szene.

Der König stand mitten auf einer kleinen Lichtung und deklamierte. Vor ihm stand Føbe, die kleine maurische Sklavin der Königin, und an die war seine Rede gerichtet. Sie hatte sich in ein Tuch gehüllt und stand in theatralischer Haltung da, bereit, die ihr zugedachte Rolle zu spielen. Der schwarze Junge, Moranti, saß im Gras und grinste, daß seine weißen Zähne blitzten, und neben ihm stand sein Freund Jørgen, der die Miniaturausgabe einer Husarenuniform trug und einen Säbel gezogen hatte.

Die Königin und Struensee begriffen bald, daß der König sich damit amüsierte, eine Szene aus Voltaires Tragödie *Zaïre* nachzuspielen. Er war der Sultan Orosman, eine Rolle, die er auch gespielt hatte, als der Hof das Stück vor seiner Auslandsreise aufgeführt hatte, zunächst in einem Gemach des Schlosses, doch dann am Hoftheater vor einem größeren Publikum. Der König hatte dramatisches Talent, und seine Darbietung wurde allgemein bewundert. Er war nicht groß, aber doch gut gebaut und von würdiger Haltung, außerdem war seine Aussprache vortrefflich.

Struensee hatte noch nie eine Probe der dramatischen Begabung des Königs zu Gesicht bekommen und war deshalb sehr überrascht. Trotz der Komik der Szene konnte er nicht umhin, das echte Pathos zu bewundern, mit dem der König Zaïre seine Antwort entgegenschleuderte.

Er spielte die Szene, in der Orosman seiner auserwählten Sultanin ihre vermeintliche Untreue und das Liebesverhältnis mit dem Helden des Stückes, dem christlichen Sklaven Nerestan, vorhält.

Ach! Wie treu hab' ich geliebt! Wie betet' ich sie an!
Zaïre, Nerestan – du unnatürlich dankvergeßnes Paar!
Du sollst nicht hoffen! Schändlich Weib!
Ha! Nerestan! Fort, laßt ihn greifen, fesseln;
Beschwert mit Ketten schleppt ihn her zu mir![xxxvi]

Damit ging Jørgen auf Moranti los und setzte ihm den Säbel auf die Brust, während Føbe sich das Tuch über den Kopf zog und mit einem Schrei zu Boden sank.

Struensee wollte nun vortreten und applaudieren; aber die Königin packte ihn am Arm und zog ihn mit sich fort.

Als sie wieder im Park waren und die Pforte geschlossen hatten, sagte sie:

„Es war ein erbärmlicher, entwürdigender Anblick, und es endet im Wahnsinn."

Struensee sah sie erstaunt an; sie war ganz blaß und offensichtlich sehr erschüttert.

„Das ist möglich", antwortete Struensee kühl, „aber keineswegs sicher. Das ist eben seine Art, sich zu amüsieren. Eure Majestät sollten es nicht so genau nehmen."

Sie gab keine Antwort und behielt ihre Gedanken für sich.

Zaïre, Nerestan – du unnatürlich dankvergeßnes Paar!

War es Zufall, daß sie und Struensee mit dieser Zeile begrüßt wurden? Es schien ihr, als habe der König einige Strophen übersprungen, um an diese Stelle zu gelangen; vermutlich hatte er sie entdeckt; aber was bedeutete das in diesem Fall? Wahrscheinlich war es nur einer seiner üblichen Scherze. Vielleicht war es aber auch nur Zufall, aber eben einer dieser seltsamen Zufälle, die warnen und in denen wir gern den mahnenden Zeigefinger der Vorsehung erkennen, aber was es auch war, es berührte sie unangenehm. Sie hatte sich nichts vorzuwerfen; aber sie war sehr unvorsichtig gewesen, das wurde ihr klar. War sie nicht doch in Gefahr? Zwar schien dem König die Vertraulichkeit, mit der sie mit Struensee umging, ziemlich gleichgültig zu sein; aber was konnte ein halbverrückter Despot wie er schon tun?

Eine Stunde später jagte er ihr an der Tafel einen Schrecken ein, denn er wandte sich plötzlich an sie und sagte in scharfem Ton: „Sie haben heute vormittag einen langen Spaziergang mit Struensee gemacht, Madame!"

Die Königin wandte langsam den Kopf und musterte ihn, sagte aber kein Wort.

„Haben Sie sich auf dem Spaziergang gut amüsiert?" rief der König Struensee zu, der – wie immer, wenn ihm die Ehre zuteilwurde, an der königlichen Tafel zu speisen –, ganz an deren Ende saß.

„Natürlich, Majestät", antwortete Struensee lächelnd. „Wie könnte ich mich in Gesellschaft einer so geistreichen Dame wie Ihrer Majestät der Königin langweilen?" Der König schlug unter Struensees festem Blick die Augen nieder und schwieg. Er stocherte in seinem Braten und versank in dumpfes Brüten.

Nach dem Essen sagte die Königin zu Struensee: „Das ist doch verrückt! Sie müssen dem König klarmachen, daß solche Auftritte unpassend sind."

Struensee war gar nicht so unzufrieden mit dem Auftreten des Königs. Er hatte nichts dagegen, daß man merkte, in welch hoher Gunst er bei der Königin stand.

„Eure Majestät", antwortete er, „sollten versuchen, weniger sensibel zu sein. Es sind doch alle den Sarkasmus des Königs gewohnt, niemand nimmt Notiz davon."

„Also glauben Sie nicht, daß er Böses im Sinn hat?" fragte die Königin.

„Keineswegs", antwortete Struensee. „Der König ist gut, wem hat er je etwas angetan? Ich werde ihm gegenüber eine kleine Andeutung machen. Ich will damit sagen, daß er mit seinen Verrücktheiten seiner eigenen Würde schadet, aber nicht der Ihrer Majestät – ich glaube, das wirkt am besten!"

Die Königin fühlte sich beruhigt, wie immer, wenn sie Rat und Hilfe bei Struensee gesucht hatte. Er ebnete ihr auf so wunderbare Weise den Weg, und sie schritt ihn unbekümmert entlang, ohne zu bemerken, daß die Schlinge, die Struensee ausgelegt hatte, sich immer mehr zuzog.

Aber andere machten sich Sorgen um sie. Charlotte Trolle saß abends allein in einer Fensternische im Saal der Königin, wo der Hofstaat zum Teetrinken versammelt war, und dachte über das Geschehen bei Tisch nach, als Elisabeth von Eichen auf sie zukam, den Arm um ihre Taille legte und in ihrer einschmeichelnden Art sagte:

„Warum so trübsinnig, liebe Charlotte? Ist Franz unartig zu dir gewesen?"

„Gewiß nicht", antwortete Charlotte.

„Was ist es dann", fuhr Elisabeth fort, „das auf deinem kleinen Herzen lastet? Trägt es ein Geheimnis in sich? Erleichtere es und vertraue dich mir an!"

„Es ist gar kein Geheimnis", beeilte sich Charlotte zu versichern, „ich würde eher sagen, daß es ohnehin für alle offensichtlich ist. Aber die Sache an sich ist harmlos, ihr wird nur viel zu große Bedeutung beigemessen. Ich spreche von der großen Freundlichkeit und Nachsicht, die die Königin Struensee entgegengebracht hat. Drei Stunden lang allein mit ihm im Park spazierenzugehen – das ist furchtbar leichtsinnig!"

Charlotte bemerkte nicht das hämische Glitzern, das in Elisabeths Augen aufblitzte, als sie antwortete: „Ich stimme dir zu. Die liebe Königin ist – wie soll ich sagen –

so naiv und ahnungslos – ein richtiges Unschuldslamm, und das ist für eine Königin zweifellos äußerst gefährlich. An deiner Stelle würde ich sie warnen. Du bist wahrscheinlich die einzige, die es tun kann und von der sie sich etwas sagen läßt."

Charlotte befolgte den weisen Rat und tappte in die Falle. Die Wirkung war genau so, wie Elisabeth insgeheim erwartet hatte – ein heftiger Wutausbruch, der Charlotte entsetzte. Die sonst so sanfte Caroline Mathilde war nicht wiederzuerkennen – eine zornige Frau mit funkelnden Augen stand vor ihr und stauchte sie wegen ihrer Dreistigkeit zusammen. Charlotte fiel nicht offiziell in Ungnade, aber sie verlor das Vertrauen der Königin. Die Königin wandte sich Elisabeth von Eichen zu, und niemand war besser geeignet als sie, die Königin weiter auf die schiefe Bahn zu führen, auf die sie sich unbewußt begeben hatte.

5. Bei Gjørlings

Der Winter war gekommen, und die Erde befand sich im Jahr 1770 bereits auf ihrer neuen Umlaufbahn. Der König residierte in Christiansborg und hatte dort kürzlich seinen einundzwanzigsten Geburtstag gefeiert. Sein Geburtstag, „der große unter den würdigsten Tagen", war von seinen treuen Untertanen sowohl in der Hauptstadt als auch im ganzen Land mit großem Jubel gefeiert worden. Die Bürger Kopenhagens hatten von der ihnen als brave Kinder gewährten Freiheit, auf den weiten Gängen des Schlosses spazierenzugehen, ausgiebig Gebrauch gemacht und das Vergnügen gehabt, den Landesvater zusammen mit drei Königinnen und den vornehmsten Herren und Damen des Landes von der Galerie des Rittersaals aus am Tisch sitzen und essen zu sehen, während der prächtige große Saal in hellem Licht erstrahlte und die Musik der Hofkapelle erklang.

Doch dabei blieb es nicht; eine Hofgesellschaft folgte der anderen, und Tische, Appartements und Redouten, das heißt Abendgesellschaften und Maskenbälle, fanden Schlag auf Schlag statt. Der Hof vergnügte sich, während die alten Perücken, wie Seine Majestät seine Minister scherzhaft nannte, das Staatsschiff steuerten, ohne eine Ahnung von der Kursänderung zu haben, zu der die Ereignisse dieses Jahres führen würden.

Doch all dieser festliche Lärm erreichte die Häuser der einfachen Leute nur als Echo aus der Ferne; dort ging das tägliche Leben ungestört weiter. Das galt auch für den Ratsherrn Gjørling; für ihn, seine Frau Maren und ihr einziges Kind, Tochter Anna, verging ein Tag wie der andere. Sie wohnten in einem kleinen, niedrigen Haus an der Nørregade in der Nähe des der Stadtmauer, und Jacob Gjørling selbst war der Eigentümer des Hauses; aber sein Nachbar, der unermüdlich um die Hand seiner Tochter anhielt, der reiche Bierbrauer Frausing, genoß hohes Ansehen in dem Haus und glaubte, es und seine Bewohner in der Tasche zu haben.

Eines Tages im Februar saßen Jacob und seine Frau in den frühen Morgenstunden beim Frühstück, das aus guter, warmer Brotsuppe bestand. Jungfrau Anna hatte sich dagegen noch nicht sehen lassen. Der Mann und die Frau saßen sich an einem kleinen Tisch in der Nähe des Kachelofens gegenüber. Zwischen ihnen stand die Schale mit Brotsuppe, aus der sie sich beide bedienten.

Das erste Licht des Tages war schwach und fiel nur spärlich durch die kleinen Fenster, aber man sah doch genug, um den Löffel zum Mund zu führen. Das Feuer aus dem großen Eisenofen war auch hilfreich. Dieser Ofen stammte noch aus der Zeit von König Frederik IV.[xxxvii] und warf ein flackerndes Licht aus seiner breiten Öff-

nung. Das Licht huschte über die Wände, deren Holzver-
täfelung im Laufe der Jahre dunkel geworden war, und
über die niedrigen Balken. Jetzt führte es auch noch einen
kleinen Hexentanz auf, und zwar auf dem breiten Rücken des Ratsherrn, der von einem braunen Hemd bedeckt war und sich gut dafür eignete, Lichtbilder auf ihm
zu zeichnen. Wenn wir uns vorstellen, daß der Wichtel
des Hauses sein Spiel trieb und etwas auf den Rücken des
Hausherrn schrieb, wären es wohl folgende Worte gewesen: *Bilde dir nicht nur nicht ein, daß du heute in Ruhe essen
kannst, Jacob!*

„Frausing hat gestern hier vorbeigeschaut, als du im
Ratssaal warst", sagte Maren plötzlich in scharfem Ton.
Ihre Miene war angespannt.

„Hat er das", antwortete Jacob, ließ den Löffel einen Moment sinken und führte ihn dann eilig zum Mund. Es
folgte eine Pause, während der Jacob glücklich den Boden seiner Schüssel erreichte. Maren hatte ihren Löffel
schon weggelegt, stützte nun die Arme auf den Tisch und
versuchte vergeblich, den Blick ihres Ehegatten aufzu-
fangen.

Als er fertig war und aufstehen wollte, sagte sie: „Warte,
Jacob! Wir müssen ernsthaft darüber reden. Anna
könnte, wenn sie nur einen Finger rühren wollte, einen
braven vermögenden Mann bekommen, der auch noch

gut aussieht, aber sie gibt ihm einen Korb nach dem anderen, als wäre sie eine vornehme Dame und er ein armer Wicht. Du mußt ein Machtwort sprechen, damit sie sich fügt!"

„Ich?" rief Jacob und sprang auf. „Ich denke gar nicht daran! Ich will keinen Zwang auf sie ausüben, sie soll selbst entscheiden."

Maren sagte: „Es würde jungen Leuten übel ergehen, wenn sie immer selbst entscheiden dürften. Ich habe nicht selbst entschieden, als ich dir das Jawort gab, das weißt du, und doch ist unsere Ehe glücklich geworden."

Der Ratsherr ließ sich nur ungern daran erinnern, daß Zwang nötig gewesen war, denn seine Frau war ein schönes Mädchen gewesen und er bis über beide Ohren verliebt. Sein rundes Gesicht wurde noch röter, als es ohnehin schon war, und er fing an, im Zimmer auf und ab zu gehen.

Maren fuhr fort: „Du weißt genau, woher das Unglück kommt. Wenn du nicht Niels Sander in unser Haus gelassen hättest, wäre Anna schon längst Madame Frausing!"

Jacob sah aus, als sei er froh, daß sie es nicht war. „Ja, Sander", rief er und blieb vor seiner Frau stehen, „der ist ein Prachtkerl, gutaussehend und höflich – ein echter Kavalier, und Grips hat er auch noch! Frausing ist ein Tölpel, er hat nicht mehr Politur als ein Lakai. Hast du schon mal einen größeren Langweiler gesehen? Aber wie ist die Zeit verflogen, als Sander hier war und für uns rezitiert und gesungen hat, während Anna dazu gespielt hat! Aber das ist nicht die Hauptsache. Sander hat ein gutes Herz, er ist ein rechtschaffener, ehrenwerter Mann."

„Da bin ich nicht so sicher", sagte Maren. „Ehrenwerte junge Leute rennen nicht ins Theater und spielen Komödien, wie er es getan hat. Vielleicht ist er trotz seiner liebenswürdigen Art ein Windbeutel."

„Ein Windbeutel!" rief Jacob ärgerlich. „Ich sage dir, wenn er eines schönen Tages kommt und um Annas Hand anhält, dann gebe ich sie ihm!"

„Ich bezweifle nicht, daß du so verrückt wärest, es zu tun", erwiderte Maren giftig, „aber die Gefahr besteht nicht. Sander hat die gesellschaftliche Leiter erklommen und pfeift auf Anna und uns, und das ist auch gut so. Du kannst machen, was du willst, aber ich warne dich. Es wird damit enden, daß Frausing uns kein Geld mehr gibt und wir auf der Straße landen!"

„Bei meiner Seele, das werden wir nicht", antwortete Jacob, „aber ich sage: Lieber das! Ich verkaufe unsere Tochter nicht, Maren! Sie ist zu schade dafür. Nun kennst du meine Meinung, und jetzt muß ich ins Rathaus!"

Sobald er zu der einen Tür hinausgegangen war, kam seine Tochter zur anderen herein.

„Ist etwas passiert?" fragte Anna ihre Mutter. „Mir scheint, daß Vater böse war, als er ging."

„Ja, das war er", sagte Maren in bitterem Ton. „Es ist etwas passiert, und jedesmal, wenn es zur Sprache kommt, sind Vater und ich uns uneinig. Du kannst sicher leicht erraten, worum es ging."

Damit ging sie in die Küche und knallte die Tür hinter sich zu.

Ihre Tochter blieb stehen und verschränkte die Arme vor der Brust. Es lag etwas Herausforderndes in der Haltung des jungen Mädchens, und das Funkeln in ihren klaren braunen Augen zeigte, daß sie wußte, um was es ging und auf der Hut war. Ihre Gestalt war wohlgeformt, aber nicht gertenschlank. Sie war groß und ziemlich füllig, ein gesundes kräftiges Mädchen, voll entwickelt, obwohl sie noch keine zwanzig Jahre alt war. Doch fehlte es ihr nicht an Liebreiz. Ihr braunes Haar umrahmte ihr Gesicht in natürlichen Locken, denn in dieser Hinsicht widerstand sie der Mode, genau wie Sander. Ihre Wangen waren rund, die Augenbrauen breit, die Nase etwas stupsig, der Mund klein und frisch und das Kinn ziemlich breit. Ihr Blick war manchmal sanft und schwärmerisch, doch der Grundton ihres ganzen Wesens war Natürlichkeit, Mäßigung und Gleichgewicht.

Sie ging zu der Bank am Fenster, setzte sich auf ihren gewohnten Platz und nahm sich ihre Näharbeit vor. Eine

Weile sauste die Nadel eifrig auf und ab, aber schließlich ließ sie die Hände in den Schoß sinken und versank in Gedanken. Um Braumeister Frausing kreisten diese jedoch nicht. Hatte Niels Sander wirklich keine Ahnung, daß er die Gottheit im Herzenstempel dieser Jungfrau war? Hatte er nie das Leuchten in ihren dunklen Augen und das Lächeln auf ihren frischen Lippen gesehen, wenn er kam, oder den zärtlichen, wehmütigen Blick, der ihm folgte, wenn er ging?

Er war nicht ganz unschuldig.

Er hatte Anna Gjørling nie liebevolle Worte zugeflüstert, war aber doch auf eine Art mit ihr umgegangen, die bei ihr Hoffnungen geweckt haben mochte, daß es mit einem Antrag enden würde. Nun saß sie da und grübelte darüber, warum er sie verlassen hatte. Ein ganzes Jahr lang hatte er nur einmal das Haus ihrer Familie betreten, und da war er ganz anders gewesen als sonst und hatte sie sehr kühl behandelt. Er hatte einen regen Geist und wechselte oft das Thema, so daß sie manchmal kaum folgen konnte. Sie erinnerte sich auch, daß sie ein paarmal, als er seine für die damalige Zeit sehr freien Ansichten kundgetan hatte, in Streit geraten waren und er sie borniert genannt hatte. Aber meistens war ihr Zusammensein harmonisch gewesen. So wog sie eine Weile die widersprüchlichen Zeichen ab, bis schließlich ihr weiblicher Instinkt die Oberhand gewann und sie sich sagte: Es muß eine andere geben, die mich ausgestochen hat und deretwegen sein Herz mir gegenüber kalt geworden ist. Als sie zu dieser Erkenntnis kam, ging die Tür auf, und eine blonde, blauäugige Jungfrau trat ein. Es war ihre Kindheitsfreundin, Marie Reutzer, die Tochter von Fritz Reutzer, dem Kammerherrn des Königs. Sie war modern gekleidet, und das fest geschnürte Korsett betonte ihre anmutige Figur. Ihre schönen Augen und die Grübchen in ihren rosigen Wangen lachten um die Wette, sie war immer in Bewegung, mit einem Wort: in jeder Hinsicht das Gegenteil von Anna Gjørling. Trotzdem hatte die Freundschaft zwischen ihnen bis heute gehalten. Marie wußte immer die letzten Neuigkeiten vom Hof, und nachdem sie Anna umarmt und geküßt hatte, fing sie an, sie hervorzukramen. Entgeistert hörte Anna, daß die Königin und Struensee immer vertraulicher miteinander umgingen. Zuletzt unterbrach sie ihre redselige Freundin.

„Die gute Königin", sagte sie, „ist vielleicht unvorsichtig, aber sie meint natürlich nichts damit."

„Was sie meint", antwortete Marie, „muß sie selbst am besten wissen. Aber ich glaube, daß Amors Pfeil ihr Herz getroffen hat. Struensee ist auch ein untadeliger Mann. Stell dir vor, als ich ihm das letztemal auf dem Gang begegnete, tätschelte er mir die Wange und sagte: ‚Sieh an, da haben wir ja die hübsche Marie, die Tochter des Kammerherrn!' Oh, ich verstehe so gut, daß die Königin ihn mag, und warum soll sie keinen Geliebten haben, wenn der König sich keinen Deut um sie schert? Das sind wiederum nicht meine Worte – aber so ein Mann – uff! Und all die anderen Frauen da oben haben auch alle einen Geliebten, und es geht lustig zu. Niemand stört sich daran."

„Aber Himmel, Marie", rief Anna mit hochroten Wangen, „wie kannst du so leichtsinnig daherreden!"

„Oh", sagte Marie, „davon verstehst du nichts! Du kennst die Welt nicht, du bist ein kleiner Buchfink, der immer auf dem gleichen Zweig sitzt und zwitschert und nicht weiß, was draußen im Wald los ist. Möchtest du nicht einmal mitkommen und es dir ansehen? Am Dienstag findet im Rittersaal ein großer Maskenball für die sechs ersten Ränge statt. Komm zu uns, dann siehst du das Ganze! Ich habe keine Angst davor, uns beide in den Saal zu schmuggeln, bevor die Demaskierung stattfindet. Es kann gelingen, ich habe es ausprobiert, und es ist ungeheuer amüsant. Man weiß nicht, mit wem man tanzt. Du kannst von Graf Holck aufgefordert werden, ja sogar von Erbprinz Frederik[xxxviii]."

„Nein, Marie", sagte Anna, „ich würde vor Schreck tot umfallen!"

„Ja, wenn du es wüßtest", lachte Marie, „aber du weißt ja nicht, wer es ist, du kleines Dummerchen, das ist ja das Herrliche an der Sache."

„Nein", sagte Anna, „es würde mir das ganze Vergnügen verderben!"

„Du kannst übrigens auch Bekannte da oben treffen", fuhr Marie mit einem listigen Lächeln fort. „Es wird nicht so streng kontrolliert. Rat mal, wer auf dem letzten Maskenball war? Dein alter Freund Monsieur Sander!"

Anna wurde blutrot, spürte es und ärgerte sich darüber. Sie hielt noch eine Weile tapfer durch, doch die Mauern ihrer Festung waren dem Feind in die Hände gefallen, und schließlich kapitulierte sie. Ihr Herz zog sie in die goldenen Säle, weil sie hoffte, ihren Freund wiederzusehen – „Ich würde ihn unter Tausenden wiedererkennen!" sagte sie sich –, und nachdem sie sich entschieden hatte, steuerte sie ihr Ziel ohne Umwege an. Ihr Vater war wie immer auf ihrer Seite, und ihre Mutter mußte nachgeben. Sie bekam ihren Willen, und der Ratsherr begleitete seine Tochter selbst zur Wohnung des Kammerherrn im Staldmestergården. Dort wurde sie am verabredeten Tag am frühen Nachmittag abgeliefert und von ihrer munteren Freundin mit offenen Armen empfangen.

6. Masken

Um zehn Uhr schlichen Marie Reutzer und Anna Gjørling vom Staldmestergården beim Løngangen über die Tøjhusporten ins Schloß. Der Zugang zu den Gemächern, in denen der Maskenball stattfand, führte zum Teil durch das große Tor des Schloßplatzes, teils durch die Turmpforte bei der Reitbahn, die die eigentliche Haupteinfahrt des alten Schlosses Christiansborg war. Auf Anordnung des Hofmarschalls mußten alle Gäste vor dem diensthabenden Offizier ihre Maske abnehmen, und Marie Reutzer war so bekannt, daß sie nicht den üblichen Weg nehmen konnte.

Mit dem Schlüssel ihres Vaters gelangte sie auf den Løngangen und lotste Anna sicher durch das Labyrinth aus Gängen und Treppen in dem riesigen Gebäude, das sie seit ihrer Kindheit kannte, bis zum Ziel ihrer Wanderung, der Galerie des Rittersaals. Ganz ohne Hindernisse ging es nicht ab, und Anna hatte jedesmal Herzklopfen vor Angst, wenn ein Lakai oder ein anderer Dienstbote sie ansprach, doch Marie meisterte die Situation, indem sie sich zu erkennen gab. Diese Herren waren nicht für die Einlaßkontrolle verantwortlich und faßten die Tochter des Kammerherrn mit Samthandschuhen an.

So erreichten sie glücklich die Galerie und standen dort mit einigen unmaskierten Zuschauern und schauten in den Saal hinunter. Anna Gjørlings bestand nur aus einem schwarzen Seidendomino, einem kleinen Hut mit weißer Feder und einer schwarzen Halbmaske aus Samt, durch deren herabhängenden Schleier man ihren kleinen frischen Mund sah.

Marie dagegen war gekleidet wie ein Bauernmädchen aus Seeland, sie trug eine goldbestickte Haube aus weißem Leinen und breiten roten Bändern, die über den Rücken fielen, und ihre Maske paßte gut zu der Tracht.

Anna hatte den Rittersaal noch nie gesehen und war von dem Anblick geblendet. Der Rittersaal im prächtigen Schloß von Christian VI. und Sophie Magdalene war bekanntlich ein riesiger Raum, hundertachtundzwanzig Fuß lang und halb so breit. Er nahm drei Stockwerke mit einer Höhe von achtundvierzig Fuß ein. Die Galerie wurde von vierundvierzig korinthischen Marmorsäulen mit reich vergoldeten Kapitellen getragen, und die Wände und die Decke waren mit Malereien und Skulpturen verziert. Alles atmete noch die Frische des Neuen, denn der Saal war erst 1766 zur Hochzeit des Königs fertiggeworden. Hunderte Wachskerzen brannten in Kronleuchtern aus Kristall, Lampen und Ständern, und die Pracht war für Anna Gjørlings Augen so blendend, daß sie überwältigt ausrief: „Gott, wie herrlich!"

„Ja", antwortete Marie, „ich wußte, daß du Mund und Nase aufsperren würdest!"

„Wie es hier von Herren und Damen wimmelt", fuhr Anna fort, beugte sich über das Geländer und schaute nach unten, „und was für wunderbare Kostüme! Du bringst mich nicht nach unten, Marie, ich wage es nicht!"

„Na, gewöhn dich erst mal ein wenig ein, meine Liebe", antwortete Marie. „Und in der Zwischenzeit stelle ich dir die Herrschaften vor. Sieh zum obersten Ende des Sales, dort sitzen drei Damen auf vergoldeten Lehnstühlen. Die in der Mitte, die so mit dem Kopf wackelt und vor Diamanten blitzt, ist die alte Königinwitwe, aber sie ist ja auch die Herrin des Ganzen. Sie hat das Schloß bauen lassen."

„Nun", sagte Anna, „so sieht sie also aus. Ich habe sie nie zuvor gesehen."

„Nein", sagte Marie, „das glaube ich. Sie lebt hier und auf Hirschholm wie in einem Schneckenhaus und zeigt sich nur selten bei feierlichen Anlässen. Die kleine Dame mit den großen braunen Augen zu ihrer Linken ist die alte Prinzessin Charlotte Amalie[xxxix], die Großtante des Königs. Und die dritte ..."

„Ist Königinwitwe Juliane Marie", fiel Anna ein. „Die habe ich schon gesehen, und das Gesicht vergißt man nicht so leicht. Sie sieht so bestimmt aus, und ihre hellen

Augen blicken klug. Wie alt mag sie sein? Sie sieht noch jung und schön aus!"

„Sie ist kaum älter als vierzig", antwortete Marie.

„Es heißt außerdem", fuhr Anna fort, „daß sie nicht besonders sanftmütig sei."

„Nein", antwortete Marie, „allzu umgänglich ist sie nicht, aber sehr ehrenwert. Vater sagt, sie sei die vernünftigste Dame, mit der er je zu tun hatte. Aber sieh dir jetzt die Quadrille an, die vor den hohen Damen tanzt!"

„Sie tragen ja keine Masken", rief Anna. „Oh, das sind ja der König und die Königin auf der Tanzfläche!"

„Ja", sagte Marie, „sie tanzen ein Menuett. Das ist ein neuer Tanz, der erst vor kurzem eingeführt wurde."

„Es ist ein bezaubernder Tanz!" sagte Anna.

„Findest du?" erwiderte Marie. „Ich finde ihn langweilig und bevorzuge Fandango oder einen langen Englischen, aber der Kehraus ist doch am besten, der führt durch alle Gemächer, sozusagen ein tänzerischer Umtrunk! Einmal sind sie durch das Schlafzimmer der Königin getanzt! Frau von Plessen war außer sich vor Wut, und es hätte beinahe eine Prügelei mit Prinz Carl, dem Schwager des Königs, gegeben, der die Gruppe anführte, doch der König rief: Vorwärts![xl] Und so mußte der alte Drachen Platz machen."

„Tragen die königlichen Herrschaften keine Masken?" fragte Anna.

„Doch, die Königin", sagte Marie, „aber der König nicht. Wenn das Menuett zu Ende ist, geht er in das gelbe Gemach und setzt sich an den Spieltisch. Er hat immer schnell genug vom Maskenball und dergleichen. Er hat es zu Anfang übertrieben, und jetzt ist er müde. Die Königin versteht sich besser darauf, sich zu amüsieren. Sie zieht sich mehrmals um, damit sie nicht erkannt wird, aber es heißt, daß es ihr nur selten gelingt. Die Kavaliere und Damen wechseln auch mehrmals das Kostüm, und so entsteht eine herrliche Verwirrung! Oh, es ist zu lustig! Komm, wagen wir es jetzt – laß uns die Wendeltreppe hinunterschleichen!"

Anna wäre lieber geblieben, wo sie war, doch Marie wollte gehen, und da sie nicht wagte, allein dort oben zu bleiben, mußte sie ihrer Freundin folgen.

Wenige Augenblicke später befanden sie sich unten im Saal und in der Mitte der Menge; dort wurden sie jedoch sofort getrennt. Ein stattlicher Herr in Tiroler Tracht bot Marie seinen Arm an; sie hakte sich bereitwillig bei ihm ein, und so stand Anna allein da.

Marie unterhielt sich bald lebhaft mit ihrem Tiroler, und er fand so viel Vergnügen an ihrer Schlagfertigkeit, daß er anfing zu fragen, wer sie sein könnte.

„Schöne Maske", sagte er, „Sie haben noch nie eine Kuh gemolken oder einen Rechen gezogen und spielen die

Rolle eines verkniffenen Bauernmädchens trotzdem perfekt. Wollen Sie sich mir nicht offenbaren? Mir scheint, daß ich Ihre Stimme schon einmal gehört habe."

„Das ist durchaus möglich", antwortete Marie, „denn ich habe erraten, wer Sie sind."

„Sehr gut", rief der Tiroler aus. „Sagen Sie es mir."

„Sie sind ein junger Herr vornehmer Abstammung und dienen dem König in einer roten, silberbestickten Livree und mit einem Dreispitz auf dem Kopf."

„Das stimmt", sagte der Tiroler, „ich bin Lakai und habe mich somit hier hereingeschmuggelt."

„Nein, das sind Sie nicht", sagte Marie, „Sie sind Leutnant der Infanterie."

„So!" rief der Tiroler. „Jetzt fehlt nur noch, daß Sie wissen, wie ich heiße."

„Wenn ich mich nicht irre", antwortete Marie, „habe ich die Ehre mit Leutnant Christian von Trolle, dem ältesten Bruder der Hofdame Charlotte Amalie."

„Das ist ja unglaublich!" sagte der Tiroler. „Woran haben Sie mich erkannt?"

„Zunächst an Ihrem Ring", sagte Marie.

Christian Trolle hob seine rechte Hand, sah den schönen Goldring, in dessen roten Stein sein Familienwappen eingraviert war, und rief: „Wie dumm von mir, daß ich ihn nicht abgenommen und in die Tasche gesteckt habe!"

„Und dann an der Stimme", fuhr Marie fort, „die habe ich mehr als einmal gehört, wenn ich auch erst einmal die Ehre hatte, mit Ihnen zu sprechen."

„Nun", sagte Trolle, „daraus kann ich schließen, daß Sie keine Dame aus meinem Bekanntenkreis sind. Vielleicht haben Sie sich auch unrechtmäßig hier eingeschlichen? Aber das macht nichts; ich würde Sie sehr gern näher kennenlernen. Und jetzt sagen Sie mir bitte, wer Sie sind!"

„Aber das würde uns leicht die Freude verderben", erwiderte Marie. „Sie werden furchtbar enttäuscht sein, wenn Sie meinen Namen hören – oh!" rief sie sogleich aus.

„Was ist denn los?" fragte Trolle.

„Sehen Sie die Dame", sagte Marie, „die dort an der dritten Säule steht, die mit dem schwarzen Domino, und mit dem großen Türken spricht?" Und als Trolle nickte, fuhr sie fort: „Sie ist eine Freundin von mir; wir sind zusammen hierher gekommen. Ich bin mit Ihnen durchgebrannt und habe sie stehengelassen, es war schändlich von mir."

„Ihre Freundin", antwortete Trolle, „ist in schlechte Gesellschaft geraten. Ich weiß, wer hinter der Maske dieses Türken steckt; er ist ein großer Schürzenjäger und gefährlich für die Schönen."

„Na so was!" rief Marie aus. „Sagen Sie mir, wer es ist!"

„Schöne Maske", antwortete Trolle und drückte Maries Arm an sich, „lassen Sie uns ein Tauschgeschäft machen! Sagen Sie mir Ihren Namen, dann erfahren Sie auch den des Türken. Ich werde Sie sogar zu ihm begleiten und versuchen, Ihre Freundin aus seinen Fängen zu befreien."

„Einverstanden", sagte Marie. „Dann fangen Sie an!"

„Sie sind ein großer Schelm", erwiderte Trolle lachend; „aber gut – es ist Struensee!"

„Nun", rief Marie, „wenn das die Königin wüßte!"

„Ist Ihre Freundin so gefährlich?" fragte Trolle. „Aber jetzt keine Ausflüchte mehr. Verraten Sie mir Ihren Namen!"

„Marie Reutzer", antwortete Marie und errötete unter ihrer Maske.

„Was, die schöne Marie, die Tochter des Kammerherrn?" rief Trolle in einem so amüsierten Tonfall aus, daß das Blut in Maries Adern schneller rauschte.

„Genau", antwortete Marie und machte einen kleinen Knicks.

„Das freut mich sehr zu hören", beharrte Trolle. „Ich erinnere mich gut daran, daß ich einmal mit Ihnen gesprochen habe. Es war zur Weihnachtszeit im letzten Jahr, als wir uns auf der Marmortreppe trafen."

„Was für eine Ehre für mich, daß Sie sich daran erinnern!" erwiderte Marie.

„Wir müssen unsere Bekanntschaft erneuern", flüsterte Charlottes liebenswürdiger und leichtsinniger Bruder Marie zu.

Sie widerstand der Versuchung nicht. Sie hatte schon oft mit dem Feuer gespielt, und es war wirklich ein Wunder, daß sie sich ihre Unschuld bis jetzt bewahrt hatte; aber sie war auch ehrgeizig, strebte nach oben und hatte jeden Verehrer aus ihrer eigenen Schicht abgewiesen. Nun war sie durch eine glückliche Zufallsbegegnung mit einem angesehenen jungen Mann fast auf Tuchfühlung gegangen, und man konnte nie wissen, wozu das führen würde. Noch bevor sie bei Anna Gjørling ankamen, hatten sie ihre erste Verabredung getroffen.

Dann erzählte sie Trolle, wer ihre Freundin war.

„Anna Gjørling", rief er, „die Schönheit aus der Nørregade – na also! Man sagt, daß unser Hauslehrer Sander heimlich mit ihr verlobt sei."

„Oh nein", antwortete Marie kopfschüttelnd, „weder heimlich noch offen. Aber sie ist unsterblich in ihn verliebt. Ich frage mich, ob er heute abend hier ist?"

„Sicher ist er hier", antwortete Trolle, „wir sind gemeinsam hergekommen. Siehst du, da steht er am Fenster – der, der als Hofnarr verkleidet ist."

„Nein, was für ein Glück für Anna!" rief Marie aus. „Sie ist nur hierhergekommen, weil sie hoffte, ihn zu treffen.

Jetzt könnten wir sie zusammenbringen; werden Sie mir dabei helfen?"

„Mit Vergnügen", antwortete Trolle galant, „warum sollte ich, der ich heute abend selbst soviel Glück hatte, nicht anderen helfen, ihr Glück zu finden?"

Sie bahnten sich ihren Weg zu Anna, die ihren Türken nicht loswerden konnte. Er hatte das Gespräch mit ihr so angefangen: „Schöner Domino, reichen Sie mir den Arm und lassen Sie uns eine Runde durch den Saal tanzen."

„Nein, danke, mein Herr", sagte sie. „Ich kenne Sie nicht und bleibe lieber, wo ich bin."

„Ich kenne Sie ja auch nicht", lautete die Antwort des Türken. „Und diese schöne Maskerade, die dafür sorgt, daß wir uns nicht erkennen, ist ja gerade das Pikante an der Sache und der Sinn dieses Abends! Ich verlange nicht, daß Sie die Maske abnehmen, aber was ich durch den Schleier sehe – die rosigen Wangen und den süßen kleinen Mund –, sagt mir, daß Sie jung und hübsch sind."

„Behalten Sie Ihre Komplimente für sich", sagte Anna, „so etwas ist mir zuwider."

„Da sind Sie eine Ausnahme in Ihrem Geschlecht, Mademoiselle", sagte der Türke, „aber Sie meinen es nicht ernst."

„Doch, das tue ich", antwortete Anna mit Nachdruck.

„So werden Sie aber nie heiraten", erwiderte der Türke.

„Sind Sie vielleicht verheiratet oder verlobt?" fragte Anna. „Haben Sie eine Liebste oder Ehefrau? Dann denken Sie an sie und schämen Sie sich!"

„Nein, meine Schöne", sagte der Türke und lachte, „ich bin Junggeselle oder jedenfalls nur nach türkischer Art verheiratet. Ich bete jede hübsche Dame an, die es zuläßt. Ich habe einen ganzen Harem, aber nicht in eigentlichem Sinn. Aber ich möchte Sie gern näher kennenlernen und Sie in meinen Harem einreihen."

Bei den letzten Worten fiel Annas Blick auf Marie, und sie eilte zu ihr.

„Gott sei Dank finde ich dich wieder", sagte sie und packte sie an einem Arm, während der Tiroler den anderen losließ.

„Weißt du, mit wem du gesprochen hast?" fragte Marie, als sie weitergingen und Trolle ihnen folgte. „Struensee!"

„Uh, er ist ein Widerling!" rief Anna. „Wer ist der Tiroler, der bei dir war?" flüsterte sie.

„Ein Freund von mir und kein Widerling", sagte Marie. „Ich werde ihn dir vorstellen."

„Laß das!" sagte Anna und zog Marie mit sich.

„Nur als meine Freundin, du Dummerchen", sagte Marie, „und er bleibt der Tiroler, der er ist."

Nach der Vorstellung sagte Trolle: „Aber Sie sind ohne Begleitung, Mademoiselle. Das geht nicht! Da drüben steht ein Hofnarr. Ich kenne ihn und garantiere für seine

Ehrenhaftigkeit. Sie werden ihn viel angenehmer finden als den Türken. Kommen Sie, ich führe Sie zu ihm!"

Anna ging widerwillig mit, und Trolle sagte: „Herr Hofnarr, ich vertraue diese Dame Ihrer Obhut an!"

Marie flüsterte Anna zu: „Das ist Sander!" und verschwand mit ihrem Tiroler.

Da stand Anna vor dem Ziel ihrer Wünsche und wurde feuerrot. Sie hörte die bekannte und geliebte Stimme.

„Gut getroffen, schöne Maske", sagte er. „Das ist typisch für den, der Sie zu mir geführt hat, aber ich sage Ihnen ehrlich, daß ich ein langweiliger Zeitgenosse bin und trotz meiner lustigen Tracht sehr schlechte Laune habe."

Daraufhin sah er sich um, als suche er jemanden.

„Herr Hofnarr", antwortete Anna mit unsicherer Stimme, „ich kann auch nicht behaupten, daß ich besonders witzig oder geistreich wäre."

Sander sah sie verblüfft an, doch sie schlug die Augen nieder und hielt sich ihr Taschentuch vor den Mund.

„Daran", sagte er, „sollte man sehen, daß wir beide gut zusammenpassen. Ihre Stimme kommt mir bekannt vor, aber das ist nicht möglich. Sie können nicht die sein, für die ich Sie im ersten Moment hielt." Wieder ließ er den Blick über die vorbeischlendernden Maskierten schweifen.

„Ich weiß nicht, was Sie meinen", sagte Anna und verstellte die Stimme. „Ist es eine Frau, deren Gesellschaft Ihnen unangenehm wäre?"

„Keineswegs", antwortete er, „aber in diesem Augenblick kommt sie mir ungelegen."

„Also", sagte sie, „suchen Sie eine andere, deren Bekanntschaft Ihnen viel lieber ist als die der Person, für die Sie mich hielten?"

„Schöne Maske", sagte er, „so ist es, aber das kann Ihnen doch egal sein. Verzeihen Sie mir, daß ich so ungalant bin, Ihnen zu sagen: Gehen Sie und suchen Sie sich einen besseren Geliebten!"

„Ich", sagte Anna heftig und mit unverstellter Stimme, „habe den gefunden, den ich immer gern treffe, aber ich hatte ihn gar nicht gesucht."

„Anna, sind Sie es wirklich?" rief er und packte sie am Arm, doch sie riß sich los und verschwand in der Menge. Er folgte ihr nicht, denn in diesem Moment ging eine schlanke junge Frau vorbei, die sofort seine Aufmerksamkeit auf sich zog. Sie trug ein perlenbesetztes Kleid aus schwerem Stoff mit weiten Ärmeln und einem kleinen Stehkragen und eine kostbaren Haube mit Perlen, die das ganze Haar verbarg. Die Maske war schön und wurde vom Rand der Perlenhaube eingerahmt. Dies war kein gewöhnliches Maskenkostüm, sondern ein altes Familienerbstück aus der Zeit von König Frederik II. Sander hatte diese Rarität schon einmal gesehen, oder zumindest eine sehr ähnliche. Der anmutige und leichte Gang der Dame bestärkte ihn in seiner Vermutung, um wen es sich handelte, und er eilte ihr nach; doch bevor er sie erreichte, verließ sie den Rittersaal und verschwand nach nebenan. Es war die sogenannte Eremitage, deren Wände mit Spiegelglas verkleidet waren, und sie zeigten ihm schon durch die Türöffnung ein Bild, das seinen Schritt beschleunigte. Ein kleiner Herr in ritterlicher Tracht begegnete der Dame, als sie gerade eintreten wollte, faßte sie um die Taille und drehte sie um. Sie riß sich los und sagte: „Lassen Sie mich in Ruhe! Fassen Sie mich nicht an!"

„Süßes kleines Fräulein Charlotte", antwortete der Ritter, „seien Sie nicht so kratzbürstig! Sie verstehen überhaupt keinen Spaß!"

Im Nu war Sander zur Stelle, packte den Ritter, hob ihn mit seinen starken Armen hoch und – halb warf er ihn, halb setzte er ihn zur Seite. Der Ritter blieb auf den Beinen, taumelte jedoch gegen die Wand und griff wild um sich, um nicht mit der Stirn gegen das Spiegelglas zu prallen. Dieses unfreiwillige Gestolper sah so komisch aus, daß die Dame in Lachen ausbrach, aber der Ritter fuhr herum und stürzte auf Sander zu. Es hätte eine Schlägerei gegeben, wenn Sander nicht behende zur Seite gesprungen wäre, so daß der Ritter nun auf die andere Wand zutorkelte, und als er sich wieder umwandte, hielt

Sander ihn auf Abstand, in dem er seine Reitpeitsche durch die Luft sausen ließ.

Der Ritter blieb stehen und keuchte: „Sind Sie es, von Eichen?"

Es war ja ein naheliegender Gedanke, daß niemand anders als Charlotte Trolles Verlobter sich so für sie einsetzen würde, und deshalb war der Ritter sehr überrascht, als der Hofnarr antwortete: „*No, Sir, Her Majesty's jokey, newly arrived from London.*"

Damals gab es in Kopenhagen nur wenige Leute, die der englischen Sprache mächtig waren.

„Dann ist es wohl Osborne?" fragte der Ritter. „Das war kein guter Scherz, Sir!"

Osborne war Engländer und Leutnant bei der Kavallerie. Er stand in der Gunst des Königs und war einst bei den wilden nächtlichen Ausflügen dabeigewesen, als der König sich mit Stiefeletten-Cathrine amüsierte und sich mit den Wächtern prügelte. Der Hofnarr schüttelte den Kopf und fuchtelte weiter mit der Reitpeitsche, woraufhin der Ritter sich damit begnügte, ihm mit geballter Faust zu drohen und dann eiligst im Rittersaal zu verschwinden.

Der Hofnarr bot der Dame den Arm, und sie belohnte ihren Befreier damit, daß sie ihn nahm. Er führte sie in den großen Ballsaal, in dem es von Maskierten wimmelte, und dann in eines der Paradegemächer, das leer und nur gedämpft beleuchtet war.

Hier entzog die Dame ihm den Arm und sagte stolz: „Mein Herr, was wollen wir hier? Ich danke Ihnen für Ihre Güte, daß Sie mich vor dem Unverschämten", hier stockte sie und schwieg, fuhr dann jedoch fort, „beschützt haben, aber Sie sehen wohl ein, daß ich kein *tête à tête* mit einem Herrn wünsche, den ich nicht kenne."

„Liebes Fräulein Charlotte!" erwiderte Sander, nahm seine Maske ab, zeigte sein Gesicht und hielt die Maske in der Hand.

„Gott, Sander, Sie sind es!" rief sie voller Freude aus. „Ich wußte nicht, daß Sie heute abend hier sind."

„Wer war der Ritter?" fragte Sander, während er sie zu einer der Fensternischen führte, die so geräumig war, daß sie wie ein kleines Kabinett aussah. Sie setzten sich auf ein Sofa, das halb hinter den schweren Vorhängen verborgen war.

„Ja, das möchten Sie wohl wissen", erwiderte Charlotte, „wen Sie beinahe zu Fall gebracht hätten! Wenn Sie entdeckt werden, bekommen Sie Ärger."

„Es war doch nicht der König selbst?" fragte Sander erschrocken.

„Nein", antwortete Charlotte, „ganz so schlimm war es nicht, aber fast! Es war Graf Konrad Holck."

„Na dann!" rief Sander aus. „Seine Exzellenz *le grand maître de la garderobe et des plaisirs* und der königliche Hofmarschall – welche Ehre für mich, daß ich das Glück hatte, ihn an die Wand zu schubsen!"

„Freuen Sie sich nicht zu früh", erwiderte Charlotte, „diese Ehre kann Sie teuer zu stehen kommen. Sie wissen, daß Holck der Liebling des Königs ist."

„Aber nicht der der Königin, heißt es", antwortete Sander. „Wenn man den Gerüchten glauben darf, soll er Ihre Majestät einmal so beleidigt haben, daß sie ihm eine Ohrfeige gegeben hat. Er hat die Züchtigung, die ihm verpaßt habe, redlich verdient. Als ich Sie befreit habe, habe ich auch die Königin gerächt."

Die Worte fanden Widerhall in Charlottes Herzen, und sie bewunderte Sanders Mut und die Überlegenheit, mit der er auf seinen mächtigen Gegner herabblickte. Dann fingen sie an, über ihre letzte Begegnung im Schloßgarten von Frederiksborg zu sprechen, denn obwohl Sander sie seither in ihrem Elternhaus gesehen hatte, hatte es keine Gelegenheit für ein zwangloses Gespräch gegeben. Er bat sie kühn um ein Treffen, und sie legte eine Generalbeichte ab, was in ihrer ohnehin mißlichen Lage äußerst gefährlich für sie war. Er erfuhr, daß die Hochzeit auf ihren Wunsch hin verschoben worden war, und sie konnte den Schrecken, mit dem sie die bevorstehende Heirat erwartete, nicht ganz verbergen. Sander konnte nicht mehr daran zweifeln, daß sie diese Ehe nicht wollte. Es war offensichtlich, daß sie ihren Verlobten nicht nur nicht liebte, er stieß sie sogar ab.

Von Zeit zu Zeit gingen einige Maskierte durch den Raum; aber die beiden Liebenden, denn das waren sie, nahmen keine Notiz davon, so versunken waren sie. Nun aber kamen zwei Masken, die nicht auf sie achteten. Es waren ein Herr und eine Dame; er war groß und stattlich und als Mönch verkleidet, sie trug ein prächtiges Kostüm im Stil der Zeit von Königin Elizabeth. Sie redeten flüsternd miteinander, aber Charlotte hörte doch, daß sie Französisch sprachen. Sie beugte sich vor und hörte aufmerksam zu.

Dann sagte die Dame leidenschaftlich und unüberhörbar: *„Je vous aime!"*

Damit schlang sie dem Mönch die Arme um den Hals, und er drückte sie an sich. Doch dann stoben sie auseinander, aufgeschreckt von ein paar eintretenden Maskierten, und verließen das Gemach durch verschiedene Türen.

Charlotte sank wieder auf das Sofa.

Sander nahm ihre Hand und spürte, daß sie zitterte. „Wissen Sie, wer das war?" fragte er und beugte sich über sie.

„Das ist schrecklich!" flüsterte sie.

„Also habe ich richtig geraten", sagte Sander. „Es war die Königin, die Majestät scheint bei ihr in jeder Verkleidung durch, und wenn sie es war, brauche ich nicht zu fragen, wer in der Mönchskutte steckte." Als Charlotte nicht antwortete, sagte er in leidenschaftlichem Ton: „Es ist vielleicht schrecklich, aber es ist auch herrlich. Die Luft in diesen goldenen Sälen ist von Liebe geschwängert. Hier sagt alles: Folge der Stimme deines Herzens und leere den Becher der Freude, bevor er dir von den Lippen gerissen wird!"

„Sander", flüsterte Charlotte, doch ohne die Hand zurückzuziehen, „Sie reden von sich selbst, Sie sind betrunken."

„Ja, Charlotte", sagte er, „das bin ich! Ich bin berauscht von Ihren wunderschönen Augen und Ihrer klaren Stimme. Ich liebe Sie!"

Sie legte ihm die Finger auf den Mund und brachte ihn so zum Schweigen. Er sagte nichts mehr, aber er nahm ihr die Maske ab, zog sie an sich und umschlang sie fest mit seinen starken Armen. Er drückte ihr einen langen, leidenschaftlichen Kuß auf die Lippen.

Sie riß sich los, sprang auf und stand mit feuerroten Wangen vor ihm. Sie sah ihn mit einem Blick an, in dem Liebe und Entsetzen miteinander stritten, und sagte in klagendem Ton: „Sander, was haben wir getan!"

„Das, was passieren mußte", sagte er und zog sie wieder an sich, „und was ich nie bereuen werde."

„Ja, Sie nicht", sagte Charlotte und schauderte, „aber ich?"

„Liebst du mich?" fragte er.

„Ja", antwortete sie. Ihre Augen leuchteten und füllten sich gleichzeitig mit Tränen. „Warum fragst du? Du weißt es doch."

„Aber ich mußte es von dir hören, Charlotte", sagte er.

„Wir sind uns also einig, und du verstehst, was das bedeutet? Du mußt mit von Eichen brechen. Du bist zu ehrlich, aufrichtig und rein, um eine Ehe einzugehen, in der jeder Tag deines Lebens eine Lüge sein wird, jeder Gedanke eine Unwahrheit. Es ist deine Pflicht, die Verlobung zu lösen, und das wäre es auch, wenn du mich gar nicht kennen würdest."

Sie saß da und sah ihn an, während er sprach. Seine Augen funkelten, und seine Wangen waren gerötet. Wie schön er war! Das Feuer, das in ihm brannte, griff auf ihr eigenes Herz über und überwältigte sie. Sie hatte in diesem Moment keinen Willen, sie wäre ihm sofort gefolgt, wohin auch immer, mit ihm in die weite Welt hinaus geflohen. Später dachte sie oft: Wenn es nur so gekommen wäre – wenn ich es nur getan hätte! Doch sie kam wieder zur Besinnung, denn das Wort „Pflicht" hallte in ihren Ohren wider. Sie hatte nicht weniger Verstand als Herz, sie dachte klar und ließ sich selten blenden, und deshalb traf der Gegensatz zwischen früher und heute sie schwer. Ihr einstiger Lehrer und Mentor, der seine Schüler immer zu Pflichttreue und Gehorsam ermahnt hatte, nannte es nun Pflicht, ein gegebenes Wort zu brechen!

„Meine Pflicht?" rief sie. „Nein, Sander, nein! Mein Herz hat mich dir in die Arme getrieben, aber mein Gewissen sagt, daß ich mein Versprechen halten und meinen Eltern gehorchen muß!"

„Ich meinte Pflicht in einem höheren Sinn", sagte Sander in einem weniger sicheren Ton.

„Gibt es etwas Höheres", fragte sie, „als das Wort Gottes und seinen Befehl? Laß uns hoffen, daß uns unsere Liebe verziehen wird und wir keine Rechenschaft ablegen müssen – denn wir sind nicht im Recht."

Sie sprach mit der tiefen Stimme, die typisch für sie war, wenn sie sehr bewegt war. Sie war ziemlich blaß geworden, und aus den Tiefen ihrer Augen blickte ihm der Ernst entgegen, der er schon gesehen hatte, als sie noch ein Kind gewesen war.

Er nahm ihre Hand in beide Hände und sagte tief bewegt: „Damit erinnerst du mich an alles, was ich über dich bringe – es führt zum Bruch mit deinen Eltern und deiner ganzen Familie."

„Ich hoffe auf Vater", sagte Charlotte etwas unsicher, „er ist gütig und vernünftig, er hält viel von dir und hat dich wirklich gern."

„Sowohl die Achtung als auch die Güte", sagte Sander, „werden wie weggeblasen sein, wenn er hört, daß ich meinen Blick zu seiner Tochter erhoben habe, ganz zu schweigen davon, daß dein Bruch mit von Eichen in seinen Augen unmoralisch sein wird. Und dann deine Mutter! Sie wird dir das nie erlauben, und die feine Gesellschaft wird dich von ihrer Liste streichen. Kannst du all das ertragen? Es ist ja auch eine schreckliche Mesalliance, auf die du dich einläßt", fügte er giftig hinzu, „Fräulein von Trolle und Studiosus Sander! Es ist, als ob ein Schwan eine Krähe heiraten wollte. Denk daran und sag hinterher nicht, daß ich dir Sand in die Augen gestreut hätte!"

„Lieber Freund", sagte sie milde und doch fest, „wieviel ich ertragen kann, weiß ich nicht, aber ich werde es versuchen. Ich habe es selbst über mich gebracht, und mein Herz sagt mir: Was ich auch erleiden werde, so will ich es doch nie ungeschehen machen, denn ich bin treu."

Er drückte ihr die Hand, und sie fuhr mit liebenswürdigem Lächeln fort: „Wegen der Mesalliance lasse ich mir keine grauen Haare wachsen. Du kannst ja trotzdem vorankommen und dein Glück in der Welt machen. Viele bürgerliche Männer sind zu hohem Rang und Ämtern aufgestiegen. Das einzige, was mich bekümmert, ist, daß ich von Eichen Unrecht tue. Ich habe ihm nichts vorzuwerfen, und er liebt mich sicher auf seine Art, auch wenn es eine sonderbare Liebe ist, die mir Angst einjagt."

„Freu dich lieber", sagte Sander, „daß du diesen Klauen entrinnst."

„Aber wird er sich damit abfinden?" sagte Charlotte mit einem leichten Schaudern. „Er ist böse – wenn er sich nur nicht rächen wird!"

„Da besteht keine Gefahr", sagte Sander, „aber sag mir jetzt, was du tun willst – einen Absagebrief an Eichen schreiben oder deine Eltern unterrichten? Ich kann leider nicht den ersten Schritt machen."

„Ich weiß nicht", sagte sie, „ich muß es mir überlegen."

„Jetzt gebe ich dir einen guten Rat", sagte er, „geh zur Königin und stell dich unter ihren Schutz! Ihre Majestät kann dir keine Vorhaltungen machen. Wenn sie es doch tut, kannst du antworten: Majestät, ich bin nur Ihrem Beispiel gefolgt!"

Charlotte errötete und wollte widersprechen, doch da sah sie, daß einige Maskierte hereingekommen waren und sie beide beobachteten. Sie setzte hastig ihre Maske wieder auf und flüsterte Sander zu: „Ich werde dir schreiben!" Daraufhin erhob sie sich und ging.

Sein Herz war so übervoll, daß er das Gedränge und den Lärm des Maskenballs nicht mehr ertragen konnte. Er ging auf dem kürzesten Weg zur Garderobe, um seinen Mantel zu holen und nach Hause zu gehen, doch als er bei der Treppe war, stürzten sich zwei Lakaien auf ihn und packten ihn.

Einer rief: „Halt, Herr Rittmeister! Sie sind sicher ein Eindringling. Bitte kommen Sie mit in die Wachstube!"

Sander schüttelte sie beide ab und sagte: „Gott, ich weiß, wohin ich soll! Nehmen Sie Ihre Finger von mir!"

Doch da kam Graf Holck dazu, nicht in der Tracht eines Ritters, sondern in einer blauen Tracht aus Samt und mit seinen Orden geschmückt.

„Nehmen Sie Ihre Maske ab!" befahl er.

„Mit Vergnügen", sagte Sander und tat es.

Holck starrte in das ihm völlig unbekannte Gesicht, und Sander sagte: „Ich heiße Sander und bin der Hauslehrer von Oberst Trolles Kindern. Der Oberst hat mir eine Eintrittskarte beschafft, ich habe mich also nicht hereingeschmuggelt."

„Es verstößt trotzdem gegen die Regeln", sagte der Graf, doch in einem unerwartet kleinlauten Ton.

Der Name Trolle hatte gewirkt, nicht, weil der Oberst irgendwelchen Einfluß hatte, sondern weil seine Tochter in der Gunst der Königin stand. Holck hatte schon gemerkt, daß seine Stellung wackelte und die Königin dabei war, die Oberhand zu gewinnen. Wenn sie erfuhr, daß er Ärger mit Charlotte Trolle gehabt hatte, hatte sie eine neue

Waffe gegen ihn in der Hand. Also forderte er Sander auf, mit ihm in die Vorhalle zu kommen, die leer war, und sagte zu ihm:

„Ich weiß, daß Sie sich hier heute abend nicht *comme il faut* benommen haben. Sie haben ohne Anlaß einen Herrn überfallen und Hand an ihn gelegt!"

„Ich bitte Eure Exzellenz tausendmal um Entschuldigung", sagte Sander mit der Aufrichtigkeit des Plebejers, „ich hatte keine Ahnung, daß Sie es waren!"

Holck konnte trotz seines Leichtsinns vernünftig sein und hatte ein gutes Herz. Er errötete ein wenig, lachte aber und sagte: „Wissen Sie was, Monsieur Sander, wenn Sie mich nicht so überrumpelt hätten, hätten Sie nicht so leichtes Spiel mit mir gehabt! Seien Sie froh, daß ich aus Respekt für das Königshaus nicht meinen Degen gezückt und Sie die Spitze habe fühlen lassen. Dann hätte Ihre Peitsche Ihnen nicht viel genützt."

„Kaum, Euer Exzellenz", sagte Sander ehrerbietig. „Es ist weithin bekannt, daß Sie ein Meister in allen ritterlichen Künsten sind. Selbst ohne Degen wären Sie für mich ein gefährlicher Gegner gewesen, jedenfalls heißt es, daß Sie in England die edle Kunst des Boxens zur Vollkommenheit gelernt haben."

„Aber ich habe dennoch den kürzeren gezogen", sagte Holck, „und im Beisein einer schönen Dame eine schmähliche Niederlage erlitten. Das ist nicht angenehm,

Monsieur, vor allem, da der Standesunterschied zwischen uns es mir verbietet, Revanche zu fordern. Es liegt in meiner Macht, Sie empfindlich zu bestrafen, und ich finde, daß Sie es verdient hätten; mein unschuldiger Scherz mit Fräulein Trolle ist keine Entschuldigung für Ihre heftige Reaktion. Aber es sei Ihnen verziehen, ich will mich nicht rächen, vorausgesetzt, daß diese unangenehme Geschichte unter uns bleibt. Wenn nicht, bin ich gezwungen, meine Macht zu gebrauchen."

Es fiel Sander nicht schwer zu verstehen, daß es im Interesse des Grafen lag, die Sache zu vertuschen. Er erkannte nicht nur den Edelmut des hohen Herrn, doch auch dessen Pragmatismus und antwortete entsprechend.

„Ich danke Eurer Exzellenz", sagte er, „für die Großzügigkeit, die Sie mir erweisen. Ich sehe ein, daß ich besser nicht mit dem kleinen Sieg prahlen sollte, den der Zufall mir beschert hat. Ich werde um meiner eigenen Sicherheit willen sofort an Fräulein Trolle schreiben und ihr berichten, was gerade zwischen Eurer Exzellenz und mir passiert ist, und sie bitten, meinetwegen zu schweigen."

Holck war überrascht, bei einem geringen Studiosus solchen Takt anzutreffen. Er reichte ihm mit seinem liebenswürdigsten Lächeln die Hand, und dann gingen sie auseinander.

Mit dem Herzen voller Liebesglück und dem Kopf wirr von schicksalhaften Ereignissen dieses Abends ging Sander nach Hause zu der Wohnung des Oberst in der Store Kongensgade, schlich hinauf in sein Zimmer und ging ins Bett. Er lag lange wach, und als der Schlaf endlich kam, war er unruhig. Mit Fieberhast jagte seine Seele durch das Land der Träume. Bald saß er mit Charlotte Trolle in einer Laubhütte, ihre Lippen trafen sich, und die Worte der Königin an Struensee – *Je vous aime* – wurden zu ihren. Dann tauchte Graf Holck wieder auf und verwandelte sich plötzlich in Franz von Eichen, auf den er mit seinem Degen losging, der schon rot vom Blut seines Widersachers war.

Aber was er sich nicht träumen ließ, weder schlafend noch wach, war, daß in den drei kleinen Worte, die Königin Caroline Mathilde aussprach, als sie sich Struensee hingab, der Schlüssel zu kommenden Ereignissen lag, die alles umwälzen würden und entscheidend in sein eigenes Schicksal eingreifen würden.

7. Ein Liebesroman

Es wäre für einen Philosophen am nächsten Morgen sehr lohnend gewesen, in den Herzen der Menschen zu lesen, die in der Nacht zuvor unter dem Deckmantel der Masken ihrer Freude und Leidenschaft freien Lauf gelassen hatten. Bei einigen hätte er Triumph über errungene Siege gefunden, bei anderen Groll über erlittene Niederlagen und bittere Enttäuschungen; bei den einen wilden Durst nach mehr, bei den anderen Müdigkeit und Leid, bei wenigen Frieden. Diejenigen, für die das Ganze nur ein unschuldiger Zeitvertreib gewesen war, waren bald gezählt.

Niels Sander wachte spät auf und begrüßte den neuen Tag mit freudiger Spannung und großer Unruhe. Anna Gjørling fühlte sich wie ein verletzter Vogel, in dessen Herzen ein Pfeil steckt, doch sie war zu einer Entscheidung gekommen, und danach kann man ruhig schlafen, auch wenn die Kissen hart sind. Ihre glückliche Begleiterin dagegen wurde von Unruhe und Kummer gequält, die der neu erblühten Liebe beinahe allen Zauber raubten.

Sie überlegte mehrere Tage lang und hatte schwache Momente. Einen Kampf wie den vor ihr liegenden aufzunehmen, erforderte den Mut einer Heldin, und ihr Jahrhundert war nicht das Zeitalter der Heldinnen. So entschied sie sich schließlich für das, was am wenigsten Mut erforderte, aber zweifellos das Klügste war: Sie ging zur Königin und bat sie um Hilfe.

„Nun, mein Täubchen", fragte Caroline Mathilde, als Charlotte eines Morgens in ihr Schlafgemach vorgelassen wurde, „was hast du auf dem Herzen?"

Ihr Ton war freundlich, aber nicht mehr so herzlich wie früher. Das Auftreten der Königin hatte sich insgesamt sehr verändert. An die Stelle der leidenschaftlichen Zärtlichkeit, die – gemeinsam mit weiblicher Bescheidenheit – Caroline Mathildes Wesen so anziehend gemacht hatte, war eine Kühnheit getreten, die etwas Abweisendes an sich hatte. Charlotte Trolles weiblicher Instinkt sagte ihr, daß es von nun an bergab gehen würde – und die Königin hatte in ihren ehrlichen Augen gelesen, daß sie darüber traurig war.

Charlotte küßte der Königin die ausgestreckte Hand und antwortete untertänig, ohne eine Spur der früheren Unbefangenheit: „Eure Majestät, es geht um eine sehr ernste Sache, und ich möchte Ihre Meinung hören und Sie um Rat bitten."

„Hast du wieder Ärger mit von Eichen?" fragte die Königin scharf. „Wann hört ihr endlich auf, euch zu streiten? Heiratet so schnell wie möglich, dann habt ihr endlich Ruhe. Es gibt kein besseres Heilmittel für Eifersucht als die Ehe, glaub mir! Es hat eine abkühlende Wirkung."

„Nein, Majestät", sagte Charlotte, „genau das will ich nicht. Ich erwäge, mich von von Eichen zu trennen und die Verlobung zu lösen."

„Na", sagte die Königin lebhaft und klatschte in die Hände, „da hat wohl dieser Monsieur Sander die Finger im Spiel!"

Charlotte wurde feuerrot, und die Königin sagte hochmütig: „Die dunklen Rosen auf deinen Wangen bestätigen meine Vermutung und ersparen dir die Antwort." Damit zog sie Charlotte neben sich auf das Sofa, tätschelte ihr die Wange und sagte mit der alten Herzlichkeit: „Aber es wäre am klügsten, wenn du mir offenherzig beichten würdest und mit nichts hinterm Berg halten würdest. Mit mir kannst du offen reden, ich bin kein Moralapostel und auch keine Heuchlerin. Leg nun die schwere Bürde ab, und ich verhelfe euch zu eurem Recht, wenn es geht."

Charlotte ging zu Werke und beichtete – anfangs ziemlich verhalten, doch die Königin lockte sie aus der Reserve und erfuhr alles, außer daß Charlotte und Sander im Paradegemach gewesen waren.

Als Charlotte nach vielen Fragen der Königin mit ihrer Erzählung fertig war, sagte Caroline Mathilde: „Das ist wirklich ein echter Liebesroman! Ihr habt allen Grund, Graf Holck dankbar zu sein, denn er hat euch einander in die Arme getrieben. Haha! Ich würde meine größte Perle für das Vergnügen hergeben, den unverschämten Kerl in Monsieurs Sanders Händen zu sehen, aber ganz ruhig, ich werde schweigen! Der kleine Graf macht mir keine Sorgen mehr. Unter uns gesagt: Er pfeift aus dem letzten Loch." Die Königin schwieg einen Moment und fuhr dann heftig fort: „Zweifle nicht an meinem Mitgefühl! Du hast richtig gehandelt. Bei Gott, es ist meine Meinung, daß man, wenn man jemanden aufrichtig liebt, dem Ruf seines Herzens folgen sollte, auch wenn man an einen anderen Mann gebunden ist, ja sogar fester gebunden als du an von Eichen. In einem solchen Fall würde ich meinem Geliebten folgten, selbst wenn er gerädert werden sollte! Und dir traue ich den gleichen Mut zu. Aber was für einen Aufruhr es geben wird! Nun, ich springe in die Bresche, und es wäre sehr seltsam, wenn es mir nicht gelingen würde, deine Eltern und den ganzen Klüngel um den Finger zu wickeln."

„Oh, Eure Majestät", rief Charlotte entzückt, „wie gütig von Ihnen! Sie haben ein großes Herz!"

Die Königin fing an zu überlegen, wie man die Sache am besten anfing. „Du mußt damit anfangen, von Eichen zu schreiben, daß du die Verlobung lösen willst", sagte sie schließlich. „Du liebst ihn nicht, hast ihn nie geliebt, du würdest nur unglücklich mit ihm werden und ihn unglücklich machen – nun, die Lektion brauche ich dir nicht aufzusagen, die kannst du schon auswendig. Aber natürlich darfst du kein Wort darüber verlieren, daß du einen anderen liebst. Sander darf nicht die Bühne betreten, bevor wir den Sturm abgewendet haben. Vielleicht lassen sie nach dir schicken, aber ich liefere dich nicht aus, du hast bis auf weiteres Stubenarrest. Dann bricht der Sturm los. Verweise deine Eltern an mich, aber von Eichen darfst du auf keinen Fall empfangen!"

So getröstet und instruiert verließ Charlotte die Königin. Nun hatte sie das Herz ihrer königlichen Freundin zurückerobert, und das war ein Glück für sie, aber bald erwachte in ihr das peinliche Gefühl, daß sie, als sie den Kreis der Sittenwächterinnen verlassen hatte, auf die schiefe Bahn geraten war. Sie dachte seufzend daran, daß die Freundschaft der Königin kein Tugendausweis mehr war, „der ganze Klüngel" würde den Stab über ihr brechen, doch im Wissen um ihre eigene Reinheit konnte sie es ertragen, und sie schwor sich, daß nichts ihre Dankbarkeit und Treue gegenüber der Königin mindern würde.

Gleich am nächsten Tag bekam sie einen neuen Beweis für die Energie ihrer Wohltäterin in Herzensangelegenheiten.

Die Königin ließ sie rufen und sagte zu ihr: „Ich will dich wissen lassen, daß ich Sander schon dem König empfohlen habe. Wenn er eine Beamtenlaufbahn antreten will, ist sein Glück so gut wie gemacht, aber er muß natürlich ganz unten anfangen. Tröste ihn damit, wenn du ihm schreibst – denn, liebe Charlotte, fürs erste möchte ich nichts von Treffen hören!"

Der Sturm brach los, genau wie die Königin prophezeit hatte. Charlotte bekam einen heftigen Streit mit ihrer Mutter.

„Mein Gott, Kind", sagte die Oberstin, als sie zu ihrer ar-
retierten Tochter hereinkam, „was hast du angestellt? Mit
von Eichen zu brechen, ohne Grund – bis auf die Lappalie, daß du ihn nicht liebst!"

„Hast du Vater nicht geliebt, als du ihn geheiratet hast?"
fragte Charlotte.

„Nein, ganz und gar nicht", sagte die Oberstin, „aber mit
der Zeit mochte ich ihn immer mehr, und heute liebe ihn
von ganzem Herzen. So wäre es dir sicher auch mit von
Eichen gegangen."

„Nie!" antwortete Charlotte. „Vater ist ein rechtschaffener Mann und hat ein gutes Herz. Von Eichen habe ich
nie Gutes gedacht, er ist hart, mißtrauisch, böse, ein ge-
borener Tyrann. Ich kannte ihn gar nicht, als ich mit ihm
verlobt wurde. Du hast mich überredet, Mutter, weil
seine Mutter deine Freundin ist. Ihr habt die Sache unter
euch abgemacht, und ich war damals ja noch ein Kind,
das nicht gefragt wurde."

„Ich verbitte mir diese schändlichen Bemerkungen!" rief
die Oberstin aufgebracht. „Aber hier steckt doch mehr
dahinter. Du hast dich wohl in einen anderen verliebt.
Heraus mit der Sprache – wer ist es?"

„Ich habe nicht mehr zu sagen, als was ich geschrieben
habe", erwiderte Charlotte kühl. Soviel Schlauheit und
Kraft hatte der Liebesgott Amor ihr schon verliehen. „Die

Königin billigt, was ich getan habe. Geh zu Ihrer Majestät und rede mit *ihr*!"

„Zur Königin gehen", sagte die Oberstin, warf den Kopf in den Nacken und lächelte verächtlich, „nichts dergleichen tue ich! Wir haben einen starken Verdacht, was es mit Ihrer Majestät auf sich hat, mehr will ich nicht sagen. Aber ich bin fest überzeugt, daß – wenn sie die Hand im Spiel hat – es eine windige Sache ist. Willst du deiner eigenen Mutter nicht mehr zuhören? Kann es zwischen dir und von Eichen nicht wieder gut werden? Wir wollten gerade das Hochzeitsdatum festlegen, als wir deinen unseligen Brief bekamen. Der kam sehr überraschend. Von Eichen stürzte damit herein und gebärdete sich wie ein Verrückter. Er ist grenzenlos unglücklich, Charlotte!"

„Oh", sagte Charlotte kalt, „das geht sicher vorbei, aber ich glaube gern, daß es ihn ärgert, auf meine hohe Mitgift verzichten zu müssen."

„Ich will nichts mehr hören, du herzloses Ding", rief die Oberstin verbittert und sprang auf. „Wenn du bei deinem Entschluß bleibst, brauchst du uns nicht mehr unter die Augen zu kommen. Darin ist dein Vater mit mir einig. Aber wir werden schon herausfinden, wer dich verhext hat, und dann hörst du wieder von uns!" Die Oberstin ging zur Tür, blieb aber plötzlich stehen, wandte sich um und sah Charlotte in die Augen. „Es ist doch wohl nicht Sander?" sagte sie. „Du wirst rot – also ist er es! Na, Gott erbarme sich! Das ist doch verrückt. Antworte – ist er es, dieser Schlingel?"

Doch Charlotte fing sich rasch. „Heute bekommst du nichts mehr aus mir heraus, Mutter", antwortete sie. „Du hast mir vorgeworfen, ich sei herzlos, aber das bist du selbst. Solange ich Frau von Eichen werde, ist es dir völlig egal, ob mir dabei das Herz bricht, aber daraus wird nichts!"

„Ab jetzt nenne ich dich nicht mehr meine Tochter", antwortete die Oberstin kalt und fest.

„Nur zu", lautete Charlottes Antwort, „ich habe in der Königin eine neue Mutter gefunden, sie wird sich um mich kümmern."

Die Oberstin ging hinaus, ohne noch etwas zu sagen, doch als die Tür sich hinter ihr geschlossen hatte, sank Charlotte auf einen Stuhl und brach in Tränen aus. Jetzt waren die Tage des Leides und der schweren Opfer gekommen, aber sie wurde nicht wankelmütig. Ihr Vater kam, und das Gespräch mit ihm verlief ruhiger, war aber noch qualvoller, denn sie liebten sich sehr. Ihm konnte sie ihr Herz nicht verschließen. Sie beichtete ihm alles, und der Plan der Königin, Sander aus dem Spiel zu lassen, scheiterte kläglich. Der Oberst war empört, daß Sander, dem er so vertraut hatte, sich das Herz seiner Tochter erschlichen hatte. Doch Charlotte merkte, daß sie mit ihrem lieben Vater fertiggeworden wäre, wenn er Herr im eigenen Haus gewesen wäre, aber das war er leider nicht. Dieser ehrenwerte Mann und tapfere Offizier knickte bei jedem Wort oder Blick seiner willensstarken Gattin ein, und seine Versöhnlichkeit machte die Lage nicht besser.

Unterdessen tobte von Eichen und ging so weit, daß er in aller Öffentlichkeit Dinge sagte, die die Königin herabsetzten. Das nahm Ihre Majestät sich nicht zu Herzen, doch sie fürchtete, daß die Liebesgeschichte, an der sie so lebhaft Anteil nahm, ein tragisches Ende finden würde. Deshalb ließ sie den verschmähten und zornigen Liebhaber zu sich rufen.

Von Eichen dachte sofort, daß jemand der Königin von seinen unvorsichtigen Äußerungen erzählt hätte. Ihm wurde heiß, und er ging beklommen zu der Audienz. Zu seiner Überraschung wurde er gnädig empfangen, und die Königin schien gar nichts von seinen Unverschämtheiten zu wissen.

„Ich bedaure Sie", sagte sie, „und finde Ihren Zorn über die Niederlage ganz natürlich. Aber es ist nicht zu ändern, und ich kann mir nicht vorstellen, daß Sie – selbst wenn Sie könnten – eine Dame heiraten wollten, die mit Gewalt zum Altar geschleift werden müßte."

Von Eichen stand mit finsterer Miene da und starrte die Königin an. Wieder zeigte sich das sonderbare Beben der Oberlippe.

Die Königin dachte: Er sieht aus, als wollte er das sehr wohl und als wäre er zu noch Schlimmerem fähig. Aber ich werde ihn schon zähmen!

„Sie müssen sich also", fuhr sie fort, „mit Ihrem Schicksal abfinden, aber es klingt leider so, als wären Sie dazu nicht bereit. Ich weiß, daß Sie Monsieur Sander überall schlechtmachen und Drohungen ausgestoßen haben, Sie würden sich rächen. Für den Fall, daß Sie wirklich an so etwas denken, will ich Sie warnen. Der König wird keine Gewalttaten dulden, und Sie wissen wohl noch besser als ich, daß die Strafe für Duelle sehr streng ist. Es gilt das Leben."

„Monsieur Sander", antwortete von Eichen mit schnippischer Unterwürfigkeit, „hat nichts von mir zu befürchten. Daß ein einfacher Mann wie er sich erdreistet hat, sich an die Tochter seines Herrn heranzumachen, ist unbestreitbar, ganz abgesehen von meiner persönlichen Kränkung. In meinen Augen ist das ein so schweres Verbrechen, daß ich es zu milde fände, wenn er mit Peitschenhieben vom Hof gejagt würde, aber davon ist natürlich keine Rede, denn es hat Ihrer Majestät gefallen, ihn unter ihre Fittiche zu nehmen. Ein Duell zwischen ihm und mir kommt ohnehin nicht in Frage; ich würde mich nie dazu herablassen, mich mit so einem Kerl zu schlagen."

„Das klingt ja beruhigend", sagte die Königin mit einem Lächeln, das von Eichen ungemein reizte, „vor allem, da ich höre, daß Ihre Abneigung gegen Monsieur Sander auf Gegenseitigkeit beruht. Allerdings hat er sich laut Fräulein Charlotte gewählter ausgedrückt als Sie, denn er soll gesagt haben, er betrachte es nicht als Ehre, sich mit Ihnen zu duellieren. Ihm leuchte nicht ein, worauf ein junger Leutnant, der nie Pulver gerochen habe, sich eigentlich soviel einbilde oder in welcher Hinsicht er besser sei als ein Student – und das verstehe ich übrigens auch nicht."

So bekam ein vollblütiger Aristokrat einen kleinen Einblick in Struensees Programm und eine Vorstellung davon, was er und seinesgleichen zu erwarten hatten. In von Eichens schwarzen Augen funkelte die Saat des Hasses, den die Königin und Struensee später reichlich ernten würden, weil sie gegen den Strom der Zeit schwammen.

„Allerdings", fuhr die Königin fort, „versteht Monsieur Sander, daß Sie aufgrund Ihrer Niederlage allen Grund haben, ihn zu hassen. Wegen der sogenannten Ehrengesetze wäre er verpflichtet, sich Ihnen im Duell zu stellen. Dazu wäre er auch jederzeit dazu bereit, aber er beugt sich dem Willen des Königs, und der lautet, daß Seine Majestät kein Blutvergießen und keinen weiteren Skandal wegen dieser Sache will. Sie müssen wissen, Herr

Kammerjunker, daß der erste von Ihnen beiden, der Streit anfängt, sofort in Arrest genommen und hart bestraft wird. Aus Rücksicht auf Ihre und Fräulein Charlottes Familie mache ich mir die Mühe, Sie zu warnen. Ich hoffe, Sie nehmen es sich zu Herzen und sehen ein, daß es eines Gentleman unter diesen Umständen doppelt unwürdig ist, über Sander herzuziehen, wie Sie es getan haben."

Damit entließ die Königin von Eichen, dessen Herz nun brannte wie die Hölle, in der die Dämonen des Hasses und der Rache ihre Waffen für den richtigen Augenblick schmiedeten.

Aber in Niels Sanders Herz loderte die Hoffnung. Es machte ihm nichts aus, daß sein alter Wohltäter, Charlottes Vater, ihn sofort vor die Tür setzte und die Oberstin ihm auch noch kränkende Worte mit auf den Weg gab. Im Gegenteil – er war erleichtert. So muß es natürlich anfangen, dachte er. Der Oberst entschuldigte sich auch ein wenig und gestand seine Schwäche ein, als er ihm vertraulich sagte:

„Sie müssen unser Haus schon deshalb verlassen, weil Eichen jeden Tag zu uns kommt. Wenn Sie hierblieben, würde es damit enden, daß Sie und er aneinandergeraten."

Der arme Oberst! Wer sollte ihm nun, da Sander fort war, die Zeit mit geistreicher Unterhaltung vertreiben, ihm vorlesen und mit ihm Schach spielen? Sie würden leicht einen neuen Hauslehrer finden, aber nie so einen wie Sander. Jetzt hatte der Oberst keinen Puffer mehr zwischen sich und seiner zornigen Gemahlin, die von dem wütenden verschmähten Schwiegersohn unterstützt wurde.

Sander mietete zwei Zimmer in einem Haus am Strand. Dort fühlte er sich wohl, denn das Schloß war in der Nähe, und er konnte das Zwischengeschoß und den Trakt sehen, in dem die Königin wohnte; dort befanden sich auch Charlottes Gemächer. Er schwelgte in Seligkeit und hatte in diesen Tagen nur ein einziges unangenehmes Erlebnis. Eines Tages begegnete er nämlich am Holmkanal der Königin; sie machte einen Ausritt mit Fräulein von Eichen. Jetzt sah er mit eigenen Augen, daß die Königin wirklich die seltsame, unweibliche Marotte hatte, Männerkleidung zu tragen und im Herrensitz zu reiten. Sie trug eine kurze, tiefrote Jacke, enge weiße Lederhosen, blanke Reitstiefel mit Sporen und einen kleinen Hut mit einer weißen Straußenfeder. Elisabeth von Eichen war ähnlich gekleidet und saß auch breitbeinig im Sattel.

Sander hatte im Theater Frauen in allen möglichen Verkleidungen aus der Nähe gesehen. Er betrachtete die Königin mit den Augen eines Schauspielers und fand ihren Aufzug im ersten Moment bezaubernd, doch dann meldete sich ein unangenehmer Gedanke bei ihm: Werde ich eines schönen Tages Charlotte in Lederhosen und Reitstiefeln im Herrensitz sehen?

Ein Mann in der gaffenden Menge, der sich als weitgereister Kaufmann entpuppte, sagte zu Sander: „Darauf ist die Königin nicht von selbst gekommen. Zarin Katharina von Rußland hat es zuerst getan, und zwar bei ihrer Thronbesteigung vor acht Jahren. Damals hat sie sich vor der Garde aus Preobraschenskoje in der Uniform eines Obersts gezeigt, mit gezogenem Degen in der Hand und im Herrensitz. Ihre Majestät, unsere gute Königin, folgt also nur einem aufsehenerregenden Beispiel."

„Dann wollen wir hoffen", sagte ein Bürger, der dabeistand, „daß Ihre Majestät dem Beispiel der Zarin nicht in noch schlimmeren Dingen folgt!"

Bald erreichte Sander das Ziel seiner Wünsche – ein Treffen mit seiner Herzallerliebsten. Eine kleine liebevolle Nachricht von ihr forderte ihn auf, sich zu einer bestimmten Uhrzeit bei ihr im Schloß einzufinden. Er kam auch pünktlich, und sie war allein. Als er in seiner besten Kleidung, mit dem Degen an der Seite und dem Hut in der Hand durch ihre Tür schritt, leuchteten ihre Augen auf, und ihre Wangen röteten sich. Sie hatte eine stürmische Umarmung gleichermaßen erhofft wie gefürchtet, und als diese ausblieb, war sie enttäuscht und erleichtert zugleich.

Sander wahrte den Anstand, küßte ihr ehrerbietig die Hand und sagte: „Danke, meine teure Freundin! Nach diesem Augenblick hat mein Herz sich lange gesehnt!" Sein Ton klang trotz seiner Zurückhaltung warm und innig, und sie mußte es billigen, daß Sander versuchte, die Form zu wahren und ihre Stellung zu berücksichtigen. Ihre Herzen schlugen bei diesem Treffen so heftig, daß ein bißchen Gezwungenheit unvermeidlich war. Sie erzählten einander, was sie in der Zeit der Trennung erlebt hatten.

„Ich habe dich kommen lassen", sagte Charlotte, „mit Erlaubnis der Königin und aus einem bestimmten Grund. Ich habe eine freudige Nachricht für dich: Der König hat dich gestern zum Verwalter der Finanzen ernannt! Was sagst du dazu?"

„Ich sage danke – und Gott segne die Königin!" antwortete Sander froh. „Das ging doch bestimmt von ihr aus."

„Ganz sicher", sagte Charlotte, und eine feine Röte überzog ihre Wangen, „aber der eigentliche Dank gebührt Struensee."

„Das freut mich zu hören", sagte Sander. „Alle sagen, er sei ein Genie und völlig frei von Vorurteilen."

„Das ist er", erwiderte Charlotte. „Vor kurzem hörte ich ihn sagen: Die Verhältnisse hier in Dänemark sind genau wie in China – man achtet nur auf Geburt und Rang, dabei sollte man nur auf das Können schauen und fähige Männer in den Staatsdienst berufen."

„Und das", sagte Sander mit einem Lächeln, „ist hoffentlich geschehen, als man mich in s Finanzministerium berufen hat! Struensee wird wohl noch Minister, und dann ist mein Glück gemacht!"

„Ja", sagte Charlotte, „wenn du deine Ernennungsurkunde bekommen hast, vergiß nicht, zu Struensee zu gehen und ihm zu danken; das ist die richtige Adresse."

„Ich werde deinen Rat befolgen", antwortete Sander, „aber glaube nicht, daß ich vor lauter Glück deine Eltern und den schlimmen Bruch mit ihnen vergessen habe. Es liegt mir schwer auf der Seele. Kann die Königin nicht auch das für uns ins Lot bringen?"

„Das dürfte ihr schwerfallen", sagte Charlotte, „denn Mutter ist unnachgiebig. Die Königin sagt, daß wir abwarten müssen und die Sache nicht durch Übereilung zerstören dürfen."

„Gut", sagte Sander, „ich werde geduldig sein und mit eifriger Arbeit im Finanzministerium den Grundstein für unsere Zukunft legen. Nun habe ich die Beamtenlaufbahn eingeschlagen, und warum sollte ich nicht eines Tages Staatsrat werden? Die Rangordnung wird sicher nie aufgehoben, aber das wäre ja auch egal, wenn sie den Bienenstock mit Arbeitsbienen füllen würden und nicht mit

Drohnen! Aber sag mir nun, liebe Charlotte, wie stehen wir nun eigentlich zueinander? Sind wir vor aller Welt verlobt oder nicht? Uns fehlt ja die Zustimmung deiner Eltern."

„Wir sind heimlich verlobt, mit dem Wissen aller und unter dem Schutz der Königin", antwortete Charlotte mit einem Lächeln. „Wir können Briefe austauschen, soviel wir wollen, und uns gelegentlich sehen, aber nur hier und möglichst nicht hinter dem Rücken der Königin."

„Eine pikante Situation", erwiderte Sander, „aber sie hat ihre guten Seiten. Wenn wir uns treffen, sind wir allein und müssen uns nicht mit Besuchern, Klatschbasen und Kaffeekränzchen herumschlagen. Es kann eine Weile dauern, bis die Frucht reif ist und uns von selbst in den Schoß fällt – ich meine das Einverständnis deiner Eltern –, aber dann werden wir sofort heiraten."

„Ich finde es erfreulich und tröstlich, daß du so geduldig bist", erwiderte Charlotte und legte ihre Hand in seine. „Die Zustimmung von Vater und Mutter ist notwendig, sonst wird es kein Glück geben."

„Da stimme ich dir zu", sagte Sander und gab ihr einen herzlichen Kuß zum Abschied.

Es folgte jedoch bald eine längere Trennung, denn Mitte Juni reisten der König und die Königin mit dem gesamten Hofstaat nach Holstein, wo sie fast bis September blieben. In der Zwischenzeit unternahm Sander einen vernünftigen Schritt, der ihm zuvor immer als Demütigung erschienen war. Er reiste nach Teglgård und versöhnte sich mit seinem alten Onkel. Jørgen Sander lenkte bald ein. Die Berufung seines Neffen in das Finanzministerium und die Verlobung mit einer Adligen waren Trümpfe, die Jørgen nicht aus der Hand geben konnte und wollte. Er setzte ihn in seinem Testament als Alleinerben ein. Sein Vermögen war zwar nicht beträchtlich, aber Niels Sander konnte jetzt nicht mehr als armer Schlucker bezeichnet werden. Er hatte die Aussicht, seine Frau ernähren zu können, selbst wenn sie enterbt würde, und das stärkte sein Selbstwertgefühl, auch wenn es ihn seinem Ziel keinen Schritt näher brachte. Als Charlotte davon erfuhr, schickte sie ihm eine Antwort, die sein Herz erfreute.

„Ich wünschte, ich wäre arm", schrieb sie. „Alles, was den Unterschied zwischen uns ausgleicht, erfreut mein Herz. Ja, soweit ist es mit mir gekommen – ich wünsche mir fast, daß in meinen Adern nicht das alte Blut der Trolles fließen würde."

8. Gourmand wird Konferenzrat

Die Reise des Hofes nach Holstein hatte sich etwas ver-
zögert, weil die alte Königinwitwe Sophie Magdalene[xli]
Ende Mai gestorben war. Die Herrschaften protestierten
heftig dagegen, daß der Feind des Lebens und der Freude
– der Tod – sich unbotmäßig einmischte. Struensee, der
später anordnete, daß Beerdigungen bei Nacht stattfinden mußten und den Tod damit im wahrsten Sinne des
Wortes von der Tagesordnung strich, warf dem Sensen-
mann und der Traueretikette schon jetzt den Fehdehand-
schuh hin. Während die Totenglocken für die Witwe von
König Christian VI. läuteten, erließ er eine Verordnung,
wonach die Hoftrauer nicht länger als vier Wochen dauern durfte.

Es war seine Prüfung in der Kunst des Regierens. Aber
die hohe verstorbene Dame bekam nun bei ihrer Beerdi-
gung mit Zinseszins den Haß zurück, den sie gegen den
neuen Hof gehegt hatte, weil man sie mit so wenig Respekt behandelt hatte. Sie wurde mit sowenig Zeremoniell, wie es der Anstand gerade noch zuließ, in Roskilde
zur letzten Ruhe gebettet.

Ein paar Tage später brach der Hof auf, und Ende Juni
erreichte er seine Sommerresidenz, Schloß Traventhal bei
Segeberg. Es wurde ein schöner Sommer für alle, nur
Graf Holck war ein wenig verstimmt. Er hatte auf Schloß
Gottorf, wo der Schwager des Königs, Prinz Carl von

Hessen[xlii], residierte, einen gewaltigen Schreck bekommen. Auf der Hinreise hatte der Hof sich dort ein paar Tage aufgehalten.

Eines Morgens, als er zum König wollte, lief er im Vorzimmer Enevold Brandt in die Arme, der gerade von Seiner Majestät kam. Holck hatte keine Ahnung von Brandts Anwesenheit – wer ihn wohl gerufen hatte? Er starrte seinen alten Rivalen stumm vor Staunen an und vergaß, dessen Gruß zu erwidern.

„Glauben Sie, daß Sie ein Gespenst sehen?" fragte Brandt mit seinem ironischsten Lächeln.

„Nein", erwiderte Holck und faßte sich wieder, „aber ich mag keine Wiedergänger."

Bald tauchte noch ein Wiedergänger auf, der ihm noch unheimlicher war, nämlich Rantzau-Ascheberg. Er war ein ganz anderer Mensch als vor zwei Jahren. Das Schicksal hatte die tiefsten Falten in seinem Gesicht geglättet. Sein alter Vater war gestorben, und er hatte den großen Familienbesitz geerbt. Außerdem hatte er sich von seiner Frau[xliii] getrennt und damit eine schwere Last abgeschüttelt. Sie hatte zwei unverzeihliche Fehler: Sie war schwach, und sie konnte nicht anders, als ihn zu lieben. Jetzt war er ein freier Mann, für den Augenblick ohne finanzielle Schwierigkeiten und trotz seiner dreiundfünfzig Jahre immer noch voller Eifer, sich in neue Abenteuer zu stürzen. Jetzt war keine Rede mehr von Gicht und Arthritis.

Es gab zwar ein kleines Hindernis beim Betreten des Heiligtums, nämlich den Bannstrahl aus Petersburg, der ihn getroffen hatte; aber man setzte sich darüber hinweg. Der König und die Königin nahmen seine Einladung nach Ascheberg an, wo er die Herrschaften wahrhaft königlich unterhielt, und dann folgte er dem König nach Traventhal. Dank der Zurückhaltung Struensees waren die Mitglieder des Triumvirats nun versammelt und konnten mit den Operationen beginnen, die Rom zum Beben bringen würden. Sie begannen damit, in der unmittelbaren Umgebung des Königs aufzuräumen, und die Königin übernahm diese Aufgabe.

Caroline Mathilde hatte keinen eigenen Willen mehr, sondern nur noch den von Struensee. Ihr Herz quoll über von einer Leidenschaft, die jede warnende innere Stimme verstummen ließ. Als souveräne Königin glaubte sie, über dem Urteil der Welt zu stehen, folgte blind ihrem natürlichen Instinkt und ging kühn auf ihr Ziel zu.

An einem schönen Morgen Mitte Juli saß der König in seinem Gemach in Traventhal. Er war allein, die Glastür zum Garten stand offen, der Morgenwind trug den Duft der Blumen und das Zwitschern der Vögel zu ihm, aber er schien es nicht zu merken. Er las ein paar Seiten in seinem Lieblingsbuch, den Briefen von Madame de Sé-vigné[xliv], die er immer bei sich trug. Dann legte er das Buch auf den kleinen Marmortisch, der neben seinem Sessel stand, und starrte mit leerem Blick zur Tür. Ein paarmal glitt ein sarkastisches Lächeln über seine feinen Züge, und in seinen trüben Augen erschien ein Funken Geist, der aber ebenso schnell wieder erlosch, und er versank wieder in seine apathische Stumpfheit.

Dann hörte er ein Rascheln hinter sich und fuhr zusammen; jedes plötzliche Geräusch erschreckte ihn. Er drehte sich um und sah, daß es die Königin war. Strahlend vor Gesundheit und mit einem Lächeln auf den frischen Lippen kam sie auf ihn zu und wünschte ihm einen guten Morgen. Er erhob sich und küßte die Hand, die sie ihm reichte. Sie hatten Frieden geschlossen, aber er stand immer noch als der Unterlegene da und schien sie fast zu fürchten. Sie waren nie wirklich vertraut miteinander gewesen und sprachen immer Französisch miteinander, was den Ton noch förmlicher machte.

„Hatten Eure Majestät eine gute Nacht?" fragte sie und nahm auf einem Schemel Platz.

Auch der König setzte sich wieder. „Danke, Madame", antwortete er, „ja, aber ich sitze hier schon eine ganze Stunde allein herum und langweile mich. Wo ist Holck?"

Das war ihr Stichwort. „Holck hat Ihnen also nicht seine Aufwartung gemacht?" rief sie entrüstet. „Er ist vor kurzem nach Segeberg geritten. Wie schamlos von ihm!"

„Sie haben Holck noch nie gemocht", antwortete der König und sah sie scharf an.

„Nein", erwiderte die Königin unumwunden. „Er ist einfach zu impertinent; aber wenn er wenigstens seiner Pflicht gegenüber Eurer Majestät nachkommen würde, schließlich haben Sie ihn mit Gunstbezeugungen überschüttet! Ich bewundere Ihre engelhafte Geduld mit ihm."

„Dann hoffe ich, daß er sich keinen Illusionen hingibt", brauste der König auf. „Ich werde ihm zeigen, wer König ist!" Doch das Aufblitzen des Zorns in seinen Augen war bald wieder erloschen, und er sank in sich zusammen.

„Sie sollten ihn nicht länger dulden", sagte die Königin, „entlassen Sie ihn, natürlich mit guter Versorgung."

Der Blick des Königs wurde lebhafter. Entlassungen, Stürze und Veränderungen waren das einzige, was ihn noch interessierte. Aber seine Freundschaft mit Holck war alt; sie hatten als Kinder zusammen gespielt, und vier Jahre lang war Holck der treue Stallmeister seines Herrn und Königs gewesen, Begleiter und Teilnehmer bei all seinen Dummheiten. Ein kleiner nervöser Schauer überlief den gebrechlichen Körper des Königs, und er antwortete: „Es würde eine Szene geben, und das kann ich nicht ertragen."

„Nein", antwortete die Königin, „diese Peinlichkeit wird Eurer Majestät erspart bleiben. Wir werden die Angelegenheit schriftlich regeln, und es muß nicht einmal sofort geschehen. Fangen wir damit an, ihn unter irgendeinem Vorwand nach Kopenhagen zu schicken."

„Ja, das läßt sich hören", sagte der König beruhigt.

„Wenn er erst einmal weg ist", fuhr die Königin fort und schaute nach unten, „wird es Eurer Majestät hier auf Traventhal viel besser gehen. Und ich denke, daß die Sache weniger kränkend für ihn wird, wenn wir nicht nur ihn fortschicken, sondern ihm Begleitung mitgeben."

„Was meinen Sie, Madame?" fragte der König und blickte auf.

„Ich meine", sagte die Königin, „daß wir zuviele sind. Was sollen wir hier in unserer ländlichen Einsamkeit mit so einem großen Hofstaat? Hier brauchen wir ja kein Zeremoniell. Lassen Sie uns alle überflüssigen Leute nach Kopenhagen zurückschicken. Was bringen uns eigentlich Moltke[xlv], Frau von der Lühe[xlvi] und Holstein?"

„Was sie uns bringen?" rief der König ungewohnt heftig.

„Sie wollen mir nicht nur meinen Oberhofmarschall wegnehmen, sondern auch sich selbst Ihre eigene Oberhofmeisterin?"

„Ja", sagte die Königin und senkte den Kopf, „und noch ein paar Leute, die mir lästig sind. Was soll ich mit all den Hofdamen? Ich brauche keine von ihnen hier außer Charlotte Trolle."

„Nein, das ist wirklich lustig!" rief der König und rieb sich die Hände. „Was für lange Gesichter sie machen werden, wenn sie den Laufpaß bekommen!" Er brach in schallendes Gelächter aus, fragte aber gleich darauf: „Aber was sagt Struensee dazu?"

„Er ist der gleichen Meinung wie ich", antwortete die Königin mit Unschuldsmiene. „Ja, er würde sogar weiter gehen als ich, aber er hat Eurer Majestät sicher seine Ansichten dargelegt."

„Ja", sagte der König nervös, „er sagt mir zur Zeit soviel, ich kann mir nicht alles merken. Mein Kopf will nicht mehr so richtig, Caroline", fügte er hinzu und faßte sich an die Stirn.

Das Eingeständnis und ihr Name, den sie so selten hörte, rührten die Königin, doch es war keine Liebe – davon konnte keine Rede sein –, sondern Mitleid, das in ihr aufstieg. Das Gefühl trieb sie dazu, viel weiterzugehen, als sie eigentlich vorgehabt hatte, und gleich ein größeres Ziel anzusteuern.

Man kann ihm keinen größeren Gefallen tun, dachte sie, als ihn von der Last der Regierung zu befreien.

„Der Kopf Eurer Majestät", sagte sie, „ist völlig klar, aber
Ihre Gesundheit ist angegriffen. Sie brauchen Ruhe. Ich
verstehe nichts von Politik, und wie Sie wissen, habe ich
mich nie in Staatsangelegenheiten eingemischt. Aber soviel begreife ich doch, daß unsere Regierungsmaschine-
rie veraltet und viel zu verschachtelt ist. Man sollte sie
vereinfachen."

„Ja", sagte der König, der kurz eingenickt war und nun
wieder erwachte, „das hat Struensee auch gesagt."

„Struensee", rief die Königin mit schwärmerischem
Blick, „sieht klarer als alle Ihre Ratgeber zusammen! Warum nutzen Sie die Dienste dieses hervorragenden Mannes nicht in viel größerem Umfang? Niemand ist Ihnen
so ergeben wie er, und keiner versteht Sie so gut."

Der König rutschte unruhig auf seinem Stuhl hin und
her. Jetzt wußte er, worauf sie hinauswollte.

„Aber", fuhr sie fort, den Blick auf die angespannten
Züge und die zitternden Lippen des Königs gerichtet,
„aus Rücksicht auf das Wohl Eurer Majestät muß ich frei
heraus reden. Entlassen Sie Bernstorff und setzen Sie
Struensee auf seinen Platz. Das ist meine Empfehlung!"

Jetzt sprang der König auf, erfaßte die Situation und war,
vielleicht zum letztenmal in seinem Leben, bei klarem
Verstand. „Das tue ich nicht, Madame", rief er und
stampfte mit dem Fuß auf. „Tun und lassen Sie, was Sie

wollen, aber lassen Sie Bernstorff aus dem Spiel!" Damit drehte er sich um und stürzte aus dem Zimmer.

Die Königin blieb stehen und sah ihm verwundert nach. Sie hatte Einwände erwartet, aber nicht eine so energische Abfuhr. Man mußte die Sache also vorerst auf sich beruhen lassen, doch sie zweifelte nicht daran, daß der König letztlich nachgeben würde.

Als sie sich ein paar Stunden später bei Tisch wiedersahen, schien der König sich beruhigt zu haben. Er speiste wie gewohnt mit gutem Appetit, sah sich stumpfsinnig um und schwieg. Doch es zeigte sich, daß er die Ohren offenhielt, denn als Struensee zu seinem Nachbarn etwas über ein paar englische Jagdhunde sagte und deren ausgezeichnete Eigenschaften pries, rief der König ihm in scharfem Ton zu: „Sie verstehen nichts davon, Staatsrat! Diese Rasse taugt nichts."

Alle stutzten, und Struensees Widersacher ergötzten sich an diesem Zeichen der Ungnade. Die Zurechtweisung war schon an sich kränkend, denn Struensee war als guter Jäger bekannt, doch dazu kam noch, daß der König ihn „Staatsrat" nannte, obwohl er vor kurzem zum Konferenzrat ernannt worden war.

„Eure Majestät kennt sich natürlich besser aus als ich", antwortete Struensee lächelnd, doch die Königin nahm es nicht so leicht.

„Die Hunde sind gut", sagte sie scharf, „aber auch wenn sie es nicht wären, sollte Eure Majestät nicht vergessen, daß Sie Struensee zum Konferenzrat ernannt haben. Sie haben doch wohl nicht vor, ihn seines höheren Titels zu berauben?"

Der König gab keine Antwort, doch ein sarkastisches Lächeln huschte über seine Lippen. Er rief seine große dänische Dogge Gourmand zu sich, nahm ein Stück Kotelett vom Teller, hielt es hoch und sagte: „Gourmand, kannst du bellen?"

Der Hund, der wußte, was er tun mußte, um seine Belohnung zu bekommen, stieß ein Kläffen aus. Der König warf ihm das Stück Fleisch zu und sagte: „Gut, dann kannst du auch Konferenzrat werden!"

Alle lachten über den Scherz des Königs, und am lautesten lachte Struensee. Das konnte er unbesorgt tun, denn was sich auch in dem langsamen Hirn des Königs geregt hatte, es erstarb gleich wieder. Der Spaß endete damit, daß der König am gleichen Abend eine Urkunde unterschrieb, in der er Gourmand wirklich zum Konferenzrat ernannte.

Die Entlassung traf die Herren und Damen wie ein Blitz aus heiterem Himmel. Einige hatten das Schicksal herausgefordert, indem sie sich unvorsichtig über die Königin geäußert und gegen Struensee gearbeitet hatten; aber einen so kühnen, aufsehenerregenden und in ihren Augen skandalösen Schritt wie den, daß fast der ganze Hofstaat nach Hause geschickt wurde, hatten sie nicht erwartet.

Brandt übernahm mit Freuden die Aufgabe, den Unglücksraben ihr Schicksal mitzuteilen und hinzuzufügen, daß der König bei scblechter Gesundheit sei und die Königin ihn bei der Abschiedsaudienz vertreten würde. Nicht alle folgten der Einladung, darunter auch Holck. Als Brandt mit der Nachricht zu ihm kam, antwortete er unbefangen: „Sie kommen nicht unerwartet, ich verstehe, worum es geht. Ich bin fertig, meine Entlassung wird nicht mehr lange auf sich warten lassen."

„Davon weiß ich nichts", antwortete Brandt mit Unschuldsmiene.

„Oh", sagte Holck schnippisch, „Sie wissen sogar noch mehr, auch wenn Sie nur die Schneide des Schwertes sind – den Griff hält eine andere, stärkere Hand! Werden Sie mich vielleicht ablösen? Dann erreichen Sie also Ihr Ziel. Ich gratuliere Ihnen und beneide Sie nicht. Sie werden bald genug davon haben, ich bin froh, daß ich aus diesem Schlamassel herauskomme."

„Ja", antwortete Brandt mit seinem infamstem Lächeln, „das, was Sie überall hinterlassen, wo Sie etwas zu sagen hatten, kann man wohl Schlamassel nennen! Aber jetzt wird ein neuer Wind wehen!"

Das stimmte, denn Holck hatte den König durch seinen grenzenlosen Leichtsinn und seine Spielsucht viel Geld gekostet und sein ganzes Vermögen verschwendet, er ging als ruinierter Mann. Doch er hatte Brandt immer nachsichtig behandelt und verdiente es nicht, von ihm abserviert zu werden. Er übte jedoch keine Vergeltung, sondern antwortete mit der überlegenen Ruhe des Grandseigneurs: „Nun, mein lieber Kammerjunker, lassen Sie uns erst einmal sehen, wie die Dinge unter Ihrer Herrschaft laufen werden. Danach reden wir weiter!"

Brandt fühlte sich ein Stück geschrumpft, als er den gefallenen Günstling verließ, aber andernorts machte er eine bessere Figur und genoß seinen Triumph. Am größten war die Verbitterung im Lager der Damen, und vor allem Elisabeth von Eichen brüllte wie eine Löwin. Der Kelch, den sie leeren mußte, war besonders bitter, weil Charlotte Trolle verschont geblieben war. Sie machte ihrem Groll lautstark Luft.

„Das ist ein schöner Dank für meine treuen Dienste", sagte sie vor der Abreise zu Charlotte, „aber ich verstehe! Es ist einfach nur die Eifersucht der Königin, sie kann es nicht ertragen, daß Struensee mich ansieht oder mit mir spricht." Charlotte gab keine Antwort, und sie fuhr fort: „Die Königin hat auch allen Grund zur Eifersucht. Struensee ist mein Freund und war es schon lange, bevor er der Freund der Königin wurde."

Charlotte schlug die Augen nieder und errötete.

Elisabeth tätschelte ihr die Wange und sagte mit einem spöttischen Lächeln: „Du wirst hier auf Traventhal keine Schminke mehr brauchen. Die roten Rosen der Scham werden ständig auf deinen lieblichen Wangen blühen, wenn du all das siehst, was nun passieren wird. Bewahre dir deine Tugend und sieh zu, daß du schnell deinen Schreiberling heiratest!"

Zu ihrem Kummer mußte Charlotte die Wahrheit dieser düsteren Prophezeiung erkennen. Jetzt, da alle, die Zeremoniell und Anstand aufrechterhalten hatten, verschwunden waren, ließ die Königin alle Vorsicht fahren. Sie war ständig mit Struensee zusammen, ohne jede Begleitung. Das Leben verlief für die beiden wie im Rausch, und der Tag war zu kurz für soviel Freude.

Derweil gingen die politischen Intrigen weiter. Das Triumvirat trieb es soweit, daß Bernstorff nicht mehr an der königlichen Tafel erscheinen durfte, und bald wurde es schwer für ihn, überhaupt noch mit Seiner Majestät zu sprechen. Der König war nie allein; entweder war Struensee, Brandt oder Rantzau bei ihm. Der König gewöhnte sich allmählich an Brandts Gesellschaft, und Rantzau spielte seine Karten so geschickt aus, daß er die Gunst der Königin gewann, obwohl sie ihn früher verabscheut hatte. Ihm widerfuhr die Ehre, an einem schönen Tag im August das Leibregiment der Königin, dessen Oberst er war, der Königin selbst zu präsentieren. Das Regiment wurde von Traventhal nach Glückstadt beordert. Es fand eine festliche Parade im Schloßhof statt, und die Königin selbst überreichte dem Regiment zwei neue Flaggen mit ihrem Namen. Bei diesem Anlaß ritt Caroline Mathilde wie Katharina II. an der Spitze des Regiments in der Uniform eines Oberst, einem roten Frack mit gelben Brustaufschlägen. Sie trug einen Dreispitz mit Feder und grüßte militärisch mit gezogenem Degen.

Der König stand am offenen Fenster, sah zu und lachte.

Struensee und Brandt standen gemeinsam an einem anderen Fenster. Brandt flüsterte Struensee zu: „Rantzau ist hier glücklicher, als er es vor acht Jahren in Petersburg war. Ob er zurückblickt und Vergleiche anstellt? Bei mir weckt diese Szene seltsame Assoziationen."

„Was für welche?" fragte Struensee.

„Wenn", sagte Brandt, „die Königin es nun genauso machen würde wie Zarin Katharina – ich meine, nichts ganz so Grausames – aber – wenn sie sich an einem beliebigen Tag zur Regentin erklären würde, dann wäre das im Handumdrehen machbar."

Struensee wurde blaß und zischte: „Schweigen Sie, Sie Verrückter! Es endet noch damit, daß Sie uns alles verderben."

Ja, Brandt war das *enfant terrible* des Triumvirats, aber er hatte Mut. Wenn Struensee mehr Mumm in den Knochen gehabt hätte, hätten sich die Dinge wahrscheinlich anders entwickelt und Christian VII. ein ähnliches Schicksal erlitten wie Zar Peter III.

Jetzt endete der Tag nur mit einem Galadinner, und die Königin überreichte ihrem Oberst eine goldene Dose mit Brillanten von beträchtlichem Wert. Nie wurde ein kostbareres Geschenk einem schlimmeren Verräter zuteil.

Mitte August war die Idylle auf Traventhal zu Ende. Die Königin mußte, so wenig ihr auch danach war, nach Lüneburg reisen, wo ihre Mutter, Prinzessin Augusta von Wales[xlvii], und ihr Bruder, der Duke of Gloucester[xlviii], sie erwarteten. Der König kam mit, und Struensee begleitete die beiden natürlich. Das Gerücht, die Königin sei in Schwierigkeiten, war ihrer Mutter zu Ohren gekommen und machte ihr Sorge. Sie wollte ihre Tochter warnen, ihr begreiflich machen, daß sie mit hohem Einsatz spielte und sich in Gefahr begab, doch die Königin vermied jedes *tête à tête* mit ihrer Mutter, und der Abschied verlief sehr unterkühlt.

Danach reisten die Herrschaften nach Seeland und bezogen ihre Residenz auf Hirschholm, dessen Herrlichkeiten die alte Königinwitwe hatte verlassen müssen. Während die Königin sich amüsierte, mit ihren englischen Hunden und ihren Falken jagte und der Hof in einem Wirbel von Vergnügungen lebte, arbeitete Struensee verbissen an seinem Plan. Aller Widerstand seitens des Königs war nun gebrochen, und die Macht lag in Struensees Händen. Bernstorff, die tragende Säule des alten Systems, wurde gestürzt, und schließlich fielen auch die Grundmauern, als der Staatsrat abgeschafft wurde. Struensee hatte freie Bahn und betrat sie mit der Kühnheit eines Abenteurers. Jetzt kam eine Zeit, so reich an Umwälzungen, Stürzen und Erhöhungen, wie es sie in Dänemark seit Jahrhunderten nicht gegeben hatte.

Im Juli des nächsten Jahres ließ Struensee sich zum Kabinettsminister ernennen – mit einer nie dagewesen Befugnis: Seine Unterschrift sollte die gleiche Bedeutung haben wie die des Königs. Der König verschwand wie ein Gott in einer Wolke, und da allen Amtspersonen der Zugang zu ihm versperrt wurde, stand Struensee allein über dem Volk und verkündete, was der Herrscher ihm im Allerheiligsten zugeflüstert hatte. Struensee, der für alle neuen Ideen des aufgeklärten achtzehnten Jahrhunderts stand, trat auf wie ein Despot. Man mußte bis nach Istanbul schauen, um eine Kabinettsregierung zu finden, die dieser glich. Die Anordnungen kamen Schlag auf Schlag, einige waren gut, andere schlecht, aber alle waren unvorbereitet. Auch die besten von ihnen, die wirklich Mißstände beseitigten und ein Geschenk für die Gesellschaft waren, waren unreife Früchte, abgerissen von der Hand eines ungeduldigen Kindes. Aber einige verletzten das moralische und religiöse Empfinden des Volkes und verstießen gegen althergebrachte Sitten. Obendrein wurde dieses neue Evangelium, das mindestens soviele Kapitel hatte wie das Jahr Tage, dem dänischen Volk in deutscher Sprache verkündet – diese mußte man beherrschen, um gehört zu werden und etwas zu erreichen. Es war eine Fremdherrschaft, und die früheren Zeiten unter deutschsprachigen Königen und Beamten waren nichts dagegen. Dazu kamen Entlassungen für Vögte, meistens ohne Pension, die berittene Leibwache des Königs wurde abgeschafft, und überall wurde reduziert und gespart, aber die Verschwendungssucht des Hofes nahm nicht ab, und so kann man sich die Bestürzung, Verbitterung und Verwirrung vorstellen, die das loyale Volk ergriff und sich in allen Gesellschaftsschichten ausbreitete. Diese Saat ging auf, denn in dem Bewußtsein, einer guten Sache zu dienen, gewährte Struensee Pressefreiheit und forderte Kritik geradezu heraus.

Bei dem Niveau, auf dem sich die Gesellschaft damals befand, war es gleichbedeutend damit, alle Narren und Schelme loszulassen. Die besten Männer des Volkes mieden diese Leute, und der Vorkämpfer der Freiheit erntete statt der erwarteten Popularität nur Hohn und Spott. Eine Pamphlet-Literatur kam auf, die nicht einmal die Königin verschonte und die für immer ein Schandfleck in der Geschichte unseres Landes sein wird.

Am 22. Juli, dem 20. Geburtstag der Königin, wurde dem Ganzen die Krone aufgesetzt. Sie feierte ausgelassen auf Hirschholm, vierzehn Tage, nachdem sie eine Tochter, Prinzessin Lovisa Augusta[xlix], zur Welt gebracht hatte. Am gleichen Tag wurden Struensee und Brandt in den Grafenstand erhoben. Sie waren schon mit dem Caroline Mathilde-Orden ausgezeichnet worden, den die Königin am Geburtstag des Königs im gleichen Jahr gestiftet hatte. So bewiesen sie eindrucksvoll die Verachtung für Titel und Ränge, die der Kabinettsminister so oft geäußert hatte. Doch Struensee und Brandt meinten es ernst mit der Durchsetzung ihrer Ansprüche und ließen sich jeweils sechzigtausend Taler auszahlen.

Jetzt war das Maß voll – wann würde das Faß überlaufen?

9. Auf Fredensborg

Auf Fredensborg, in dem ruhigen Wald am Esromsee, hatte die Königinwitwe Juliane Marie[l] ihre Sommerresidenz. Sie hielt sich jedes Jahr lang und gern mit ihrem Sohn, Erbprinz Frederik, dort auf. Ihr verstorbener Gemahl, König Frederik V.[li], hatte ihr das Schloß auf Lebenszeit vermacht, also war es ihr Reich. In der Zeit des Bauherrn König Frederiks IV.[lii] und später König Frederiks V. war es in diesem geräumigen Schloß, das mitten in der Natur lag, immer fröhlich zugegangen. Oft hatten die Säle und ausgedehnten Parks und Alleen von munteren Stimmen und Musik widergehallt, während das Abendlicht sich in den Schloßfenstern spiegelte und die gestutzten Hecken und Statuen im Schein der Lampen und Fackeln schimmerten, doch jetzt herrschte Stille. Die Witwe Frederiks V. lebte zurückgezogen. Die regierenden Majestäten kamen nicht mehr zu ihr, und sie zeigte sich äußerst selten bei Hof. Das Verhältnis zu ihrem Stiefsohn, dem König, war nie herzlich gewesen, doch mit Caroline Mathilde hatte sie sich zumindest anfangs gut verstanden.

Aber auch das war vorbei, seit der König aus dem Ausland zurückgekommen und Struensee auf der Bildfläche erschienen war. Die streng religiöse, sittsame und scharf urteilende Juliane Marie konnte sich an einem Hof, an dem es so ungezwungen zuging, nicht wohlfühlen. Man wußte, daß sie den Stab darüber brach, und rächte sich, indem man sie und ihren Sohn nach Möglichkeit kränkte und zurücksetzte. Der Gegensatz zwischen diesen beiden Lagern war unüberbrückbar, und darüber kam es fast zum Bruch; man wahrte nur nach außen den Schein. So wurde Fredensborg der Zufluchtsort für die vielen, die Struensees Umstürze mißbilligten. Alle, die sich der Königinwitwe nähern konnten, suchten bei Trost und fanden ihn auch, doch sie lehnte es ab, sich einzumischen. An Aufforderungen dazu fehlte es nicht, denn es hatte schon zwei Verschwörungen gegen Struensee gegeben, doch beide waren gescheitert. Auch Struensees zwei Bundesgenossen fingen an, gegen ihn zu intrigieren – Rantzau, weil er sich hintangesetzt fühlte, und Brandt, weil er der angespannten Situation müde war. Trotzdem hielt die Königinwitwe sich zurück. Sie liebte ihr ruhiges Leben, und nicht einmal zu Lebzeiten ihres Gemahls hatte sie sich in Staatsangelegenheiten eingemischt oder politischen Ehrgeiz gezeigt. Nur in ihrem kleinen Reich hielt sie die Zügel fest in der Hand. Der Gedanke, daß der Gang der Dinge das Schicksal des Reiches in ihre Hände legen könnte, lag ihr fern.

So lagen die Verhältnisse, als die alte Prinzessin Charlotte Amalie, die Tochter Frederiks IV., an einem milden Oktobertag Frederiksborg in ihrer Karosse verließ. Sie hatte

den Sommer dort verbracht und wollte der Königinwitwe Lebewohl sagen, bevor sie nach Kopenhagen zu-
rückkehrte und ihre Winterresidenz Christiansborg be-
zog.

Die beiden hohen Damen waren enge Freundinnen und
sahen sich oft. Sie waren auch in einer ähnlichen Lage,
denn die Prinzessin hatte trotz all ihrer Sanftmut viele
Unannehmlichkeiten erlebt. Der König hatte ihr das Leben am Hof so zur Hölle gemacht, daß sie sich zurückgezogen hatte und nicht einmal mehr, wenn sie auf Christiansborg war, an der königlichen Tafel speiste.

Nach dem Essen, das um zwei Uhr stattfand, öffnete ein
königlicher Lakai die Glastür, die zum Garten führte. Der
Diener blieb stehen, als zwei Damen herauskamen und
langsam die Steintreppe hinuntergingen. Keine der beiden war besonders groß, doch die Dame auf der linken
Seite hielt sich sehr aufrecht; das war Juliane Marie. Sie
trug über ihrem kostbaren Kleid einen leichten Umhang
und auf dem Kopf nur einen Schleier, denn das Wetter
war mild, beinahe sommerlich. Etwas gebeugt und auf
ihren Arm gestützt, kam die alte Prinzessin. Ihr Kleid
hatte einen etwas einfacheren Schnitt, sie trug kein straf-
fes Korsett, und ihr Rock war nicht so weit wie der der
Königinwitwe. Überhaupt wirkte sie etwas schlichter
und anspruchsloser.

Der Lakai schloß die Tür und folgte den Damen in gebührendem Abstand, damit sie unbelauscht reden konnten. Wenn die Frauen stehenblieben, tat er es auch, wenn sie weitergingen, setzte auch er sich wieder in Bewegung. Das geschah oft, denn das Gespräch wurde lebhaft, und so machten die beiden mehrmals halt.

„Wie schön es hier ist", sagte die Prinzessin und blieb vor einem kleinen, offenen Platz vor dem Schloß stehen. Ihr Blick schweifte eine der langen Alleen entlang, die strahlenförmig vom Schloß wegführten, und an deren Ende der See funkelte. Dann schaute sie die Allee entlang, an deren Ende immer noch eine hohe Ehrenpforte stand, die alte Erinnerungen in ihr wachrief.

„Ja", antwortete die Königinwitwe, als sie langsam weitergingen, „hier ist es schön, und ich liebe mein Fredensborg, obwohl nicht alle Erinnerungen erfreulich sind." Sie spielte auf ihre Ehe an, die nicht glücklich gewesen war. Sie hatte ihre ehelichen Pflichten bis zuletzt gewissenhaft erfüllt, doch es war ihr nicht gelungen, das Herz ihres flatterhaften Gemahls zu gewinnen, wohl aber die Herzen ihrer Untertanen (eine kurze Zeit ausgenommen). Es war ein Unglück für sie, daß sie die Nachfolgerin einer der liebenswertesten Königinnen gewesen war, die Dänemark je gehabt hatte, nämlich die erste Gemahlin König Frederiks V., Louise von England[liii], Caroline Mathildes Tante väterlicherseits. Deshalb hatte man sie auch die Bengerd[liv] des achtzehnten Jahrhunderts genannt. Doch es lag vor allem an ihrer Persönlichkeit, die nicht sympathisch war; das spürte sie selbst, und es erfüllte sie mit Bitterkeit.

„Bei dir ist es etwas anderes, Charlotte", fügte sie hinzu. „Du hast hier die glücklichsten Tage deiner Jugend verbracht."

„Ja", antwortete die Prinzessin mit einem Seufzer, „es waren andere und bessere Zeiten! Da stand das Königshaus noch in voller Blüte, und wenn es auch noch nicht so alt war, wie es hätte sein sollen, so schwang mein Vater das Zepter doch kraftvoll, stärkte das Reich und brachte es zu Ansehen, aber Gott steh uns bei, wie sieht es jetzt aus! Wenn dein Sohn nicht wäre, Juliane, würde ich sagen, daß die Familie aus der Art geschlagen ist, es ist Schritt für Schritt bergab gegangen."

„Ich nehme an", sagte die Königinwitwe, „daß wir so tief gesunken sind, wie es nur geht. Wir dürfen hoffen, daß das Blatt sich mit der nächsten Generation wendet und es wieder aufwärts geht. Über den König will ich nur sagen, daß seine Herrschaft so verläuft, wie es sich von Anfang an abzeichnete. Erinnerst du dich, wie er bei der Krönung dasaß und mit dem Zepter spielte? Das war ein schlechtes Omen. Das Zepter war für ihn eine Rassel, und er hat alles getan, um sein herrliches Erbe, die Souveränität, zu zerstören. Die Dänen sind ein gutes Volk, treu und loyal, aber man muß sie liebevoll behandeln und väterlich regieren. Sie wollen die Hand des Königs am liebsten in allem spüren – und dann kommt ein Mann mit Doktorhut, ein Quacksalber, schiebt den König beiseite und reißt die ganze Macht an sich. Oh, ich will nicht mehr darüber sagen. Du weißt ja, wie es ist, und daß die Königin die Schuld daran trägt. Sie hat ihre Würde weggeworfen, keine dänische Königin hat sich je so erniedrigt."

„Jaja", sagte die Prinzessin mit schmerzlicher Miene, „es ist eine verfahrene, traurige Geschichte, aber beurteile Caroline Mathilde nicht zu streng. Sie ist eine liebenswerte kleine Frau und hätte das Muster einer Königin werden können, wenn sie einen besseren Mann gehabt hätte. Gott erbarme sich – so, wie der König sie behandelt hat, hat er sie förmlich in Versuchung geführt."

„Sie hätte trotzdem standhaft bleiben müssen", sagte die Königinwitwe streng, „dann hätte sie die Situation vielleicht retten können."

„Nein, das glaube ich nicht", sagte die Prinzessin und schüttelte den Kopf. „Sie konnte gar nichts ausrichten, bevor Struensee kam. Er hat Einfluß auf den König gewonnen, ich weiß aber nicht, mit was für Tricks."

„Und auf die Königin", sagte Juliane Marie. „Nun, liebe Charlotte, weiche und schwache Herzen machen keine guten Königinnen, ja, nicht einmal gute Ehefrauen. Keine Frau kann ihren Platz im Leben ausfüllen, indem sie nett lächelt und freundliche Worte sagt, schon gar nicht eine Königin, auch wenn die Dichter des Landes ihr noch so sehr huldigen."

„Ich frage mich", sagte die Prinzessin, „ob die Gerüchte über die Königin nicht alle falsch sind. Ich glaube nicht einmal die Hälfte dessen, was über sie verbreitet wird."

„Das sieht dir ähnlich", erwiderte die Königinwitwe, „du bist selbst so gut, daß es dir schwerfällt, schlecht über andere zu denken; aber du bist eine Außenstehende und weißt nicht, wie es ist. Du hättest bei der Taufe von Lovisa Augusta in Hirschholm sein und die Szene mitansehen sollen!"

„Ich rechne es dir hoch an, daß du da warst", sagte die Prinzessin, „es war sehr gütig von dir, das Kind über das Taufbecken zu halten."

„Ja", sagte die Königinwitwe mit einem spöttischen Lächeln, „bei dem Anlaß wurde ich gebraucht! Ich habe es getan, um die Ehre des Königshauses zu retten, und um des unschuldigen Kindes willen."

„Aber was hast du denn Schreckliches gesehen?" fragte die Prinzessin.

„Das Ganze war furchtbar", erwiderte die Königinwitwe. „Struensees Aufgeblasenheit, die Ungeniertheit, mit der er die Königin ansprach, und die jämmerliche Erscheinung des Königs. Auf ihn wird fast gar keine Rücksicht mehr genommen, man fragt ihn nie nach etwas. Stell dir

189

vor, Charlotte, Struensee ordnet sogar an, wann die Tafel gedeckt und aufgehoben wird! Eines Abends sagte er *sans façon* zum König: ‚Es ist spät, Sie sollten zu Bett gehen!‘ "

„Von wem hast du das?" fragte die Prinzessin.

„Von Reverdil", sagte die Königinwitwe, „und der pflegt nicht zu lügen."

„Aber was will er dort?" fragte die Prinzessin. „Daß dieser ehrenwerte Mann dort bleibt, spricht doch für den Hof."

„Struensee hat ihn an der Nase herumgeführt", sagte die Königinwitwe. „Als er Reverdil zurückrief, redete er ihm ein, der König sei bei klarem Verstand, und ließ ihn glauben, daß er im Staatsdienst gebraucht würde, um die Reformen voranzutreiben, doch als er kam, sah er, daß er nur die Aufgabe hatte, dem König Gesellschaft zu leisten, Brandt hat es satt, aber er bleibt, weil er Mitleid mit dem König hat. Er war vor kurzem hier, und ich habe ihm eine Audienz gewährt. Er sprach sehr treffend über meine Position und war besonders verärgert darüber, daß man dem Erbprinzen nicht einmal eine Apanage bewilligt."

„Ja", rief die Prinzessin, „es ist zu ungerecht, daß dein Sohn mit leeren Händen dasteht, während Struensee und Brandt im Geld schwimmen!"

„Nun", fuhr die Königinwitwe fort, „ich habe Reverdil gefragt, wie er es aushält, in der Gesellschaft zu leben, die

190

Struensee und Brandt an den Hof locken. Er hat geantwortet: ‚Es ist nicht immer so schlimm, manchmal sogar
ganz unterhaltsam. Die Gespräche bei Tisch sind nicht
unziemlich, und wenn Struensee teilnimmt, sogar recht
geistreich. Aber ja – wenn Brandt mit den Damen herum-
albert, ist mir zumute, als wären wir Diener, die auf dem
Tisch tanzen, während die Herrschaften außer Haus
sind.'"

Sie waren jetzt beim Pavillon der Königin angekommen
und traten ein, um sich etwas auszuruhen, bevor sie nach
Hause gingen, während der Lakai draußen blieb und in
einigem Abstand Wache hielt.

Die Prinzessin saß eine Weile schweigend da und zeich-
nete mit ihrem Sonnenschirm Muster in den Kies.
Schließlich blickte sie auf und sagte mit einem Seufzer:
„Ja,   wo   soll   das   alles   hinführen?"

„Ich denke, zu Aufruhr", sagte die Königinwitwe ruhig.

„Das ist doch schrecklich", rief die Prinzessin, „sie ver-
greifen sich an der Krone und stürzen das Land in Anar-
chie!"

„Oder vielleicht gibt es einen Staatsstreich, der den König
befreit", fuhr die Königinwitwe fort. „Die Feigheit, die
Struensee an den Tag legte, als die Matrosen Hirschholm
gestürmt haben und er mit König, Königin und der gan-

zen Gesellschaft nach Sophienberg flüchtete, bis die Gefahr vorüber war, war eine Ermunterung für seine Feinde – aber wer ist das?"

Sie hatte zwei Herren entdeckt, die mit dem Lakaien sprachen und dann hinter den Bäumen verschwanden. Sie winkte den Lakaien zu sich, der auch sofort kam und auf ihre Frage antwortete: „Das waren Jessen[lv], Eure Majestät, und Staatsrat Guldberg[lvi]."

„Also ist Jessen hier herausgekommen", sagte die Königinwitwe nachdenklich. Nicolai Jessen war seinerzeit Kammerdiener bei Frederik V. gewesen und hatte sich durch seine Treue und Zuverlässigkeit ausgezeichnet. Er hatte eine kleine Pension und verdiente sich als Weinhändler in Kopenhagen etwas dazu. Er war mit einer Tochter der Kammerfrau Jacobi[lvii] verheiratet und lieferte der Königinwitwe Wein für ihren Keller. Es war also nichts Seltsames daran, daß er nach Fredensborg gekommen war, und er stand immer noch in hoher Gunst bei der Königinwitwe. Sie sprach gern mit ihm über die alten Zeiten, und er hielt sie auf dem laufenden, indem er von den Verhältnissen in der Hauptstadt berichtete.

Wenig später erhoben sich die beiden Damen und gingen zum Schloß zurück. Prinzessin Charlotte, die schwächlich war, brach früh auf, und sobald sie abgefahren war, ließ die Königinwitwe Guldberg rufen.

Guldberg war der Lehrer des Erbprinzen gewesen. Er war vor sieben Jahren dazu ernannt worden, als er Professor der Rhetorik auf Sorø gewesen war. Jetzt war er der Kabinettssekretär des achtzehnjährigen Prinzen, aber vor allem war er die rechte Hand der Königinwitwe und ihr engster Vertrauter. Sie verstanden sich ohne Worte. Eine seltene Reinheit, Festigkeit und Harmonie vereinigten sich auf seinen kühnen Zügen, und aus seinen klugen Augen sprach eine offene, ehrliche Seele. Man bekam sofort den Eindruck, daß man diesem Mann vertrauen konnte, und vor allem, daß er wußte, was er wollte. Die breite Stirn, die gebogene Nase und die fest geschlossenen Lippen kündeten von eisernem Willen, vielleicht sogar Sturheit. Die Königinwitwe und er waren verwandte Seelen. Er war ausgeglichen, jedoch kein typischer Höfling. Auch wenn er immer die Form wahrte, sagte er stets ohne Scheu seine Meinung.

„Ist etwas passiert?" fragte die Königinwitwe, als er bei ihr eintrat. „Ich höre, daß Jessen hier ist."

„Ja, Majestät", sagte Guldberg mit einer tiefen Verbeugung, „und er bringt seltsame Nachrichten."

„Ist bei Hof etwas vorgefallen?" fragte die Königinwitwe schnell,

„Nein, das gerade nicht", antwortete Guldberg, „aber wollen Eure Majestät nicht selbst mit ihm sprechen? Er sitzt in meinem Zimmer …"

„Holen Sie ihn sofort", befahl die Königinwitwe, „aber kommen Sie mit zurück!"

Wenig später trat Jessen ein, gefolgt von Guldberg. Jessens schlanke Gestalt war ein krasser Gegensatz zu Guldbergs untersetzter Figur, und an seinem Auftreten merkte man sofort, wie weltgewandt er war.

„Na, da sind Sie ja, Jessen", sagte die Königinwitwe, die ihn stehend empfing. „Was bringen Sie für Nachrichten?" fragte sie und reichte ihm die Hand, die er ehrerbietig küßte.

„Wichtige Neuigkeiten, Majestät", antwortete er. „Ein Kreis von angesehenen und unverzagten Männern ist zusammengekommen; sie haben beschlossen, den König zu befreien und das Land vor dem Untergang zu retten."

„Das haben angesehene und unverzagte Männer nun schon zweimal beschlossen, mein lieber Jessen", antwortete die Königinwitwe, „aber es ist nichts daraus geworden."

„Aber diesmal, Majestät", sagte Jessen, „hat die Sache tiefere Wurzeln und bessere Stützen."

„Wer sind die Männer?" fragte die Königinwitwe.

„Zum einen Graf Rantzau-Ascheberg", antwortete Jessen, wobei die Königin Guldberg mit einem bedeutsamen Lächeln ansah, „und dann Kriegsminister Beringskjold[lviii]."

„Ein großer Taugenichts und höchst unzuverlässiger Mensch", sagte die Königinwitwe.

„Aber er hat sich das Ganze ausgedacht, Majestät", sagte Jessen, „und er hat zwei Männer für sein Ziel gewonnen, gegen die Eure Majestät sicher nichts einzuwenden haben – Oberst Eichstedt und Oberst Køller[lix]."

„Nanu!" rief die Königinwitwe überrascht.

„Diese beiden tapferen Offiziere", fuhr Jessen fort, „stehen für ihre Regimenter, die ihnen mit Leib und Seele ergeben sind. Unter bestimmten Voraussetzungen sind sie zu allem bereit."

„Nun", sagte die Königinwitwe, „Eichstedt und Køller sind zuverlässige Männer, die Sache ist bei ihnen in guten Händen. Ich danke Ihnen", fügte sie mit plötzlicher Zurückhaltung hinzu, „weil Sie mit diese Nachricht gebracht haben!"

„Aber", fing Jessen wieder an, „die Herren trauen sich nicht zu, die Sache durchzuführen. Ja", sagte er, als die Königinwitwe die Hand ob, als wolle sie ihn zum Schweigen bringen. „Eure Majestät müssen mir erlauben, so offen zu reden, weil die Angelegenheit so ungeheuer wichtig ist. Es war auch meine Absicht, daß Staatsrat Guldberg sie vorträgt, aber er fand, daß ich, da ich von den Herren Verschwörern geschickt wurde, es selbst sagen sollte."

„Nun dann!" rief die Königinwitwe und warf Guldberg einen Blick zu. „Reden Sie! Was haben Sie noch zu sagen?"

„Eichstedt und Køller", fuhr Jessen mutiger fort, „haben gesagt, daß ein so großes Vorhaben nie gelingen wird, wenn es keine Unterstützung vom Königshaus selbst findet, ja, sie haben es sogar zur Bedingung für ihre Mitwirkung erklärt."

„Sie meinen natürlich mich", sagte die Königinwitwe mit einem Lächeln. „Nein, mein guter Jessen, daraus wird nichts, das können Sie den Herren sagen."

Jessen schaute Guldberg an, als wolle er sagen: Da hören Sie es! Doch Guldberg nickte ihm aufmunternd zu, und er wandte sich wieder an die Königinwitwe und sagte: „Das werde ich. Aber dann erlaube ich mir, Eurer Majestät untertänigst zu sagen, daß die Gefahr groß ist. Struensee hat nichts Geringeres vor, als den König abdanken zu lassen und die Königin zur Regentin zu machen."

„Das können Sie mir nicht einreden", sagte die Königinwitwe. „Struensee ist nicht der Mann, der sich auf solche Waghalsigkeiten einläßt."

„Dann habe ich hier etwas", sagte Jessen, „das Eure Majestät überzeugen wird." Er zog ein Blatt Papier aus der Brusttasche und überreichte es der Königinwitwe.

Sie nahm es, entfaltete es und überflog den Inhalt. „Na, was sagt man dazu!" rief sie. Es war die Abschrift eines

Dokuments, in dem der König auf den Thron verzichtete und die Königin zur Regentin ernannte. „Wo haben Sie das her?" fragte die Königinwitwe in scharfem Ton.

„Von Graf Rantzau selbst", antwortete Jessen. „Er gab es mir und sagte, daß Struensees Bruder, der[ix] Justizrat, das Dokument verfaßt oder entworfen hat."

„Sie haben es wohl auch gelesen, Guldberg", sagte die Königinwitwe, „was halten Sie davon?"

„Ich halte es für echt", erwiderte Guldberg ohne Zögern. „Es ist schon seit einiger Zeit das Gerücht in Umlauf, daß Struensee einen solchen Coup plant. Es ist ja auch nur die Konsequenz aus seinem frechen, vorwitzigen Handeln. Es ist nun soweit, daß er, wenn er nicht völlig verblendet ist, einsehen muß, daß er sich nur noch mit einem tollkühnen Streich retten kann. Rantzau hat diese Abschrift der Thronverzichtserklärung leicht bekommen, er steckt nämlich immer noch mit Struensee unter einer Decke und hat nicht mit ihm gebrochen."

Guldberg glaubte felsenfest an das, was er da sagte, und überzeugte die Königinwitwe. Es war ja auch gut begründet und sehr wahrscheinlich, daß Struensee, als die Gefahr wuchs, an diesen Ausweg dachte. Doch es wurde nichts getan, um ihn zu verwirklichen. Das Dokument war falsch, von einem der Verschwörer fabriziert, entweder von Rantzau selbst oder Beringskjold, um die Königinwitwe zu beeinflussen. Das Ziel wurde erreicht, und das erklärt und rechtfertigt, was darauf folgte.

Die Königinwitwe blieb einen Moment mit dem Papier in der Hand und in Gedanken versunken stehen. „Wann reisen Sie ab?" fragte sie dann Jessen.

„Morgen, wenn Eure Majestät nichts anderes beschließen", antwortete er.

„Ich höre mir erst einmal an, was Guldberg zu sagen hat", sagte sie und schickte Jessen weg. Guldberg befahl sie jedoch, zu bleiben. Sie nahm in ihrem Lehnstuhl Platz, saß eine Weile schweigend da und schaute vor sich hin. Dann endlich richtete sie den Blick auf Guldberg und sagte mit einem Funkeln in den klugen Augen: „Sagen Sie, Guldberg, glauben Sie, daß Struensee, als er dieses infame Gesetz über Eheschließung unter nahen Verwandten[lxi] erließ, das auch einer geschiedenen Frau erlaubt, ihren Galan zu heiraten, glauben Sie, sage ich, daß er da an die Möglichkeit dachte, eines Tages die Königin heiraten zu können?"

„Nein, Majestät", antwortete Guldberg. Ein Hauch Belustigung huschte über sein ernstes Gesicht. „Das glaube ich nicht, obwohl viele Leute das sofort gedacht haben. Dieser Erlaß war nur ein Ausdruck des zynischen, leichtfertigen Geistes, der ihn beherrscht, und dann ist da noch seine ungeheure Taktlosigkeit. Aber Eure Majestät kennen meine Meinung über Struensees Regiment. Wenn es etwas zu loben gab, habe ich es getan, auch wenn vieles davon durch seine maßlose Übereilung zerstört wurde. Aber was Tugend und Moral betrifft, so kann man mit Fug und Recht sagen, daß während seiner Kabinettszeit mehr für Huren und frivole Frauen getan worden ist als für tugendhafte Jungfrauen und Ehefrauen."

„Und doch", sagte die Königinwitwe, „zeigt das Papier, das ich in der Hand halte, daß ein Schritt ins Auge gefaßt wird, der zu allem führen kann. Der König soll abgesetzt, vielleicht sogar eingekerkert werden – und was dann?"

„Nein, Majestät", antwortete Guldberg, der die Gedanken der Königinwitwe erraten hatte, „soviele Laster Struensee auch hat, grausam ist er nicht. Ich glaube auch, daß Königin Caroline Mathilde bei all ihren Schwächen ein gutes Herz hat. Sie würde niemals zustimmen, daß Gewalt gegen den König angewendet wird."

„Zarin Katharina", sagte die Königinwitwe, „wußte angeblich nichts davon, was die Orlovs mit Zar Peter vorhatten."

„Majestät", antwortete Guldberg respektvoll, aber bestimmt, „wir sind in Dänemark und nicht in Rußland. Aber was Struensee vorhat, ist schlimm genug und sollte, wenn möglich, verhindert werden."

„Und dann", fuhr die Königinwitwe fort, „die Grausamkeit, mit der der Kronprinz behandelt wird. Er wird nicht besser gefüttert als ein Hund; man stellt ihm und dem Knaben Karl, der seine einzige Gesellschaft ist, eine Schüssel mit Brei hin; sie stürzen sich darauf, streiten sich um das Essen, so daß die Schüssel zu Bruch geht, und laufen mit bloßen Füßen zwischen den Scherben herum. Man stelle sich das vor, Guldberg, barfuß, in einem dünnen Nankinganzug und ohne Feuer im Ofen mitten im Winter! Sie hätten ihn fast umgebracht, als sie ihn einsperrten, auf die Jagd gingen und ihn vergaßen, nur um ihn erfroren und halb tot vorzufinden. Sie mußten ihn auftauen, indem sie ihn zu seiner Kinderfrau ins Bett legten."

„Ja, Majestät", erwiderte Goldberg, „das ist Wahnsinn, und außerdem wird der Prinz in geistigen Dingen völlig vernachlässigt. Er wird nach den Prinzipien von Rousseau erzogen und behandelt. Es ist ein gewagtes Experiment, aber es wird den Prinzen natürlich stärken, wenn er es durchmacht. Auch die Königin glaubt dem Arzt Struensee jedes Wort, als wäre es ein Evangelium, das ist das Unglück. Es spricht vieles dafür, daß sie ihren Sohn liebt, also sollten wir nicht daran zweifeln."

„Was nützt das", erwiderte die Königinwitwe heftig, „wenn sie zuläßt, daß ein Verrückter an dem Prinzen herumexperimentiert? Nein, ich gebe nicht viel auf diese

Mutterliebe. Ich wünschte, ich könnte dem armen Kind Schuhe und Strümpfe und ein Feuer im Ofen besorgen!"

„Versuchen wir es, Eure Majestät!" rief Guldberg lebhaft aus.

„Sie raten also dazu?" sagte die Königinwitwe und blickte auf.

„Ohne das geringste Zögern, Eure Majestät", antwortete Guldberg. „Der Verstand Eurer Majestät, Ihr starker Wille, Ihre ehrlichen Absichten und die Liebe zu unserem Volk sind eine Garantie für einen guten Ausgang."

„Oh", sagte die Königinwitwe, „ich bin nur eine Frau; ein Mann wird gebraucht, und mein lieber Sohn ist noch so jung und unerfahren."

„Haben Sie volles Vertrauen in Seine königliche Hoheit", antwortete Guldberg. „Er ist zwar noch jung, aber er hat bereits feste Grundsätze und hat sich von aller Unmoral rein gehalten. Ein gutes Gewissen gibt wahren Mut."

„Ja", sagte die Königinwitwe mit sanftem Blick und reichte Guldberg die Hand, „ich danke Ihnen für alles, was Sie für meinen Sohn getan haben!"

Guldberg nahm die dargebotene Hand und schüttelte sie mit Wärme. Er war so gerührt, daß er vergaß, sie zu küssen. „Eure Majestät", sagte er dann, „Sie müssen ja nicht sofort selbst in den Vordergrund treten. Seine Königliche Hoheit soll die Angelegenheit mit Eichstedt und Køller besprechen. Eure Majestät werden ihm die nötige Führung geben können, und ich werde ihm zur Seite stehen und ihn unterstützen."

Die Königinwitwe war in Gedanken versunken, erhob sich dann aber und sagte: „Ich werde darüber nachdenken; kommen Sie morgen um sieben Uhr zu mir, und Sie werden meine Antwort erhalten."

Erst in den frühen Morgenstunden ging die Königin zu Bett, um sich ein wenig auszuruhen. Die ganze Nacht hindurch brannten die Kerzen in ihrem Gemach, und jedesmal, wenn die Zofe im Vorzimmer aus ihrem Schläfchen erwachte, hörte sie die Königinwitwe unruhig im Gemach auf- und abgehen. Es fiel ihr schwer, eine Entscheidung zu treffen, denn sie sah und spürte, wie sehr sie ihre eigene Sicherheit und Ruhe und vielleicht auch die Zukunft ihres Sohnes aufs Spiel setzte. So sehr sie die Macht auch liebte, wenn sie sie in Händen hielt, die Aussicht darauf reizte ihre introvertierte, fast menschenscheue Natur nicht. Sie schätzte ihr ruhiges Leben und hatte genug Beschäftigung für ihren Geist. Ihr Groll gegen Struensee und die Königin wegen der erlittenen Kränkungen trug zwar dazu bei, war aber nicht ausschlaggebend. In diesem Moment dachte sie nicht an solche Dinge wie die Tatsache, daß die Herrschaften von Hirschholm, statt ihr persönlich zum Geburtstag zu gratulieren, zwei Kammerdiener geschickt hatten, eine regelrechte Beleidigung und der letzte Nadelstich, den man ihr versetzt hatte. Nein, es waren die Größe der Aufgabe und ihr Pflichtgefühl, die sie antrieben. Sie handelte in gutem Glauben und in der Überzeugung, daß es ihre Mission sei, das Königshaus und das Reich vor dem Untergang zu bewahren. Sie hätte es jedoch kaum gewagt, wenn sie nicht Guldberg an ihrer Seite gehabt hätte. Als er am Morgen pünktlich zur verabredeten Zeit eintraf, erhielt er folgende Nachricht: „Fahren Sie mit Jessen nach Kopenhagen, setzen Sie sich mit den Verschwörern in Verbindung und untersuchen Sie die Angelegenheit aus nächster Nähe, aber gehen Sie nicht sofort eine endgültige Verpflichtung in meinem Namen oder dem des Prinzen ein. Die Angelegenheit muß reifen, bevor wir eingreifen. Ich habe volles Vertrauen in Ihre Weisheit und Diskretion."

Guldberg tat, wie ihm geheißen, und als er die Sache in die Hand nahm, ging es auf verborgenen Wegen voran. Die Zügel entglitten Rantzaus und Beringskjolds Händen, und Guldberg wurde die Seele der Verschwörung.

10. Eine politische Versammlung

Der 24. November war ein frostiger Tag, klar und trocken, weshalb abends recht viele Menschen auf Kopenhagens Straßen unterwegs waren. Dabei müssen wir uns nichts denken, es glich dem Gedränge unserer Tage, und es war fast nur das starke Geschlecht vertreten, abgesehen von ein paar Dienstmädchen und Verkäuferinnen. Es kam keiner vornehmen Dame in den Sinn, einen Fuß auf das Kopfsteinpflaster der Straße zu setzen, und auch bürgerliche Frauen, die Wert auf ihren Ruf legten, taten es nicht. Wenn sie ausgingen, fuhren sie in ihren eigenen oder gemieteten Kutschen. In dieser Hinsicht war es, wie in vielen anderen, genau wie zu Holbergs Zeiten. Spazierengehen allein um der Bewegung willen war auch nicht die Gewohnheit der Männer, weshalb auch an diesem Abend fast alle etwas Bestimmtes vorhatten. Einige waren Kaufleute, die ihre Stände verließen, andere Beamte, die aus ihren Büros kamen; aber keiner wollte nach Hause.

Es war sehr üblich, sich an öffentlichen Orten zu erholen, und da es keine Theaternacht war – es gab nur drei oder vier Stücke pro Woche –, wurden sie in Weinkeller und Kaffeehäuser verwiesen. Diese waren in diesem Herbst gut besucht, nicht nur von ihren Stammgästen, sondern auch von einem größeren Publikum. Die Zeit der Klubs war noch nicht gekommen, und es gab keine wirklichen geschlossenen Gesellschaften; aber in diesen unruhigen Zeiten hatten sich an mehreren Orten Zirkel gebildet, die sich versammelten, um die politischen Angelegenheiten des Tages zu diskutieren, und es ging oft sehr wild und laut zu. Struensee hatte sich schließlich gezwungen gesehen, die Pressefreiheit wieder einzuschränken. Nun ruhte die Feder, aber der Mund war umso reger, und der kühne Gebrauch der Redefreiheit zeigte, daß man sich von einer starken öffentlichen Meinung gestärkt fühlte und die Machthaber verachtete.

Ein hochgewachsener Herr in einem schönen Pelzmantel und mit Biberhut auf dem Kopf ging die Østergade entlang. Er ging schnellen Schrittes und mit selbstbewußter Haltung. Hier und da begrüßte er Passanten, und einige zogen den Hut vor ihm. Doch nun begegnete er einem Herrn, dessen Pelz noch eleganter geschnitten war als seiner, und der goldbetreßte Hut wies ihn als Offizier aus. Es sah aus, als wolle er den vornehmen Herrn umrennen, doch dieser machte ihm Platz. Trotzdem musterte der Offizier ihn im Vorbeigehen mit einem so unverschämten Blick, daß dem Gekränkten das Blut in die Wangen schoß. Dieser Blick verriet mehr Geringschätzung, als es tausend Worte vermocht hätten, doch es lag noch mehr in den funkelnden dunklen Augen und dem Lächeln – nämlich tödlicher Haß und unheilverkündender Triumph.

Diese stumme Szene hätte sicher einen Streit zur Folge gehabt, der mit einem Duell hätte enden können, wenn der Beleidigte nicht Niels Sander und der Herausforderer nicht Franz von Eichen gewesen wäre. Sander hatte Charlotte Trolle versprochen, sich nicht mit von Eichen anzulegen.

„Es darf kein Blut fließen", hatte sie zu ihm gesagt. „Ich trage schon soviele Gewissensbisse mit mir herum, bürde mir nicht noch mehr auf!"

Ich kann ihm nicht vorwerfen, daß er mich haßt, dachte Sander, als er weiterging; er hat guten Grund dazu, denn ich habe ihm seine Geliebte weggenommen; aber warum lächelt er so teuflisch triumphierend? Was hat er zu lachen? Plant er irgendeine List oder etwas anderes? In seiner Aufregung wäre er beinahe mit einem anderen Mann zusammengestoßen.

„Passen Sie doch auf, wo Sie hintreten, Monsieur!" fuhr der Mann ihn an, doch gleich darauf rief er fröhlich: „Ach, Sander, du bist es!" Und Londemanns Arme umschlangen nach langer Trennung wieder Thalias verlorenen Sohn. „Wie froh bin ich, daß wir uns auf der Straße begegnen", fuhr er fort und zog Sander mit auf den Kongens Nytorv. „Nur so konnte ich deiner habhaft werden! Als wir uns neulich trafen, hast du mich gemieden wie der Teufel das Weihwasser. Bin ich dir nicht mehr gut genug?"

„Keineswegs, Londemann", antwortete Sander kalt, „aber einem ist nicht immer nach Gesellschaft zumute."

„Hm!" sagte Londemann. „Gut angeschrieben beim Kabinettsminister – du arbeitest mit ihm zusammen – befördert – verlobt mit einer adligen Dame – beliebt bei der Königin – und dank Junos Gunst auch ab und zu Gast an Jupiters Tafel – jaja! Es ist nur menschlich, Sander, daß du dich nicht am hellichten Tag mit einem unbedeutenden Schauspieler zeigen willst, doch jetzt wird es dunkel, also kann ich mich sicher eine Weile deiner erfrischenden, verjüngenden Gesellschaft erfreuen?"

„Ich antworte dir kurz und gut", sagte Sander: „Ich bin nach wie vor dein Freund, und es ist mir eine Ehre, wo auch immer mit Gert Londemann gesehen zu werden."

„Der Freund dankt dir", erwiderte Londemann mit einem belustigten Funkeln in den Augen; „der Schauspieler nimmt das Kompliment an, das in diesem Fall nicht ganz unangebracht ist." „Nun sei bitte mal vernünftig", sagte Sander und fing an, um den Brei herumzureden. „Du hast übertriebene Vorstellungen von meiner Position. Meine Zusammenarbeit mit dem Kabinettsminister beschränkte sich darauf, daß ich Sekretär Panning[lxii] zwei Tage vertreten habe, als er krank war. Panning ist mein Freund und hat mich Struensee empfohlen."

„Oh", rief Londemann. „Der ausgetretene Pfad des Glücks liegt vor dir! Du mußt nur noch geradeaus gehen."

„Außerdem", beharrte Sander, „habe ich nur einmal die Ehre gehabt, an der Tafel des Königs zu speisen, das ist alles."

„Du", rief Londemann, „ein Mann ohne Titel an der Tafel des Königs – was für Zeiten! Die alte Königin Sophie Magdalene hat sich bestimmt im Grab umgedreht, aber du hattest sicher mehr Glück mit deiner Königin als Sarti[lxiii] mit seiner."

„Sarti?" fragte Sander.

„Ja", antwortete Londemann, „hast du nicht gehört, was mit unserem verehrten Dirigenten und Direktor geschehen ist? Gott segne ihn; ich habe nichts weiter über ihn zu sagen, als daß die Kassen fast immer leer sind und wir die größten Schwierigkeiten haben, unseren Lohn zu bekommen."

„Nein", sagte Sander, „ich weiß nicht, was du meinst."

„Dann hör zu", sagte Londemann. „Es sollte ein Konzert bei Hofe stattfinden, und Sarti war mit seiner Kapelle vor Ort, aber sonst war der Saal leer. Dann trat die alte Königinwitwe ein. Sie stutzte, als sie sah, daß niemand da war, um sie zu empfangen, ging aber dennoch in Begleitung ihrer Hofdame hin und setzte sich auf einen der vergoldeten Sessel in der ersten Reihe, und die Dame nahm hinter ihr Platz. Als Sarti die alte Frau dort so traurig sitzen sah, stieg er von der Tribüne herab, ging zu ihr hin, machte ihr seine Aufwartung, setzte sich neben sie und begann sich mit ihr zu unterhalten – war das nicht nett von ihm?"

„Schrecklich unverschämt!" rief Sander aus.

„Was", rief Londemann, „nimmst du daran Anstoß? Gibt es am Hof noch eine Spur von Etikette?"

„Natürlich glaubst du alle Lügen, die in der Stadt kursieren", erwiderte Sander heftig. „Bei dem Bankett, an dem ich teilgenommen habe, war es wirklich schön. Man unterhielt sich ungezwungen, aber es kam keinem der Gäste in den Sinn, den König oder die Königin von sich aus anzusprechen, und sie haben nicht das Wort an mich gerichtet."

„Nun", sagte Londemann, „ich bin froh, das zu hören. Das heißt, es tut mir leid für dich, daß dir diese Ehre verwehrt blieb, aber hör nun, wie es mit Sarti gelaufen ist. Die Königinwitwe erhob sich abrupt; ihre alten, trüben Augen wurden lebendig und funkelten mit ihren Diamanten um die Wette. Sie sagte zornig: ‚Grüßen Sie Ihre Königin und sagen Sie ihr, daß sie sich gern mit Leuten abgeben darf, die sich ihr nie ungefragt nähern dürften. Aber ich dulde nicht, daß meine königliche Würde durch solche Frechheiten verletzt wird.' Dann ging sie zähneknirschend aus dem Saal und ließ den armen Sarti in größter Bestürzung zurück. Ich sehe ihn noch vor mir, mit hochgezogenen schwarzen Augenbrauen und offenem Mund – hahaha!"

„Für diese Tat hat er die Entlassung verdient", sagte Sander.

„Aber bedenke", beharrte Londemann, „was für ein schöner Mann Sarti ist, und natürlich war er in Hofuniform. Als Königlicher Kapellmeister hat er den Rang eines Oberstleutnants; aber deine Königin, Sander, hat bekommen, was sie verdient hat; denn es war nach der festgesetzten Zeit, und sie hätte dafür sorgen müssen, daß ein Hofstaat da war, um die vornehmen Gäste zu empfangen. Aber anstatt sich bei der Königinwitwe zu entschuldigen, soll sie sich gerächt haben, indem sie dem alten Mann in Reithosen und Stiefeln einen Besuch abstattete."

„Hör mal, Londemann", sagte Sander, „das ist der Grund, warum ich mich von dir und deinen Kollegen zurückgezogen habe. Du bist angesteckt von dem Groll gegen Struensee und der Empörung über die Königin, die sich wie eine Epidemie ausbreitet. Die Königin verdient Nachsicht; es spricht soviel für sie, aber du glaubst alles, was man sich erzählt. Die Geschichte mit Sarti ist bestimmt verzerrt wiedergegeben worden, und was Struensee betrifft, so ist er ein Wohltäter für das Volk. Welche Menge an Vorurteilen, Ungerechtigkeiten und Mißbrauch hat er doch durch seine Erlässe weggefegt!"

„Nun", entgegnete Londemann, „aber Seine Exzellenz hat den Besen wohl so eifrig geschwungen, daß er den Schmutz in die Augen bekommen hat. Außerdem, lieber Freund, gibt es noch so etwas wie eine öffentliche Moral, gegen die man nicht ungestraft verstoßen kann. Mehr will ich nicht sagen, um dich nicht zu vertreiben. Es ist mir egal, wer regiert, und du darfst nicht denken, daß ich Struensee ausbooten will, im Gegenteil! Wir setzen unsere Hoffnungen auf ihn, um aus unserer verzweifelten Lage herauszukommen, oder vielmehr auf Graf Brandt, unseren Hohen Rat, *le maître des spectacles*. Wenigstens hat Generalin Gähler[lxiv], die mit dem prallen Busen und der lieblichen Stimme, die Favoritin von Venus und Melpomene, Sarti zugesichert, daß Brandt ihm fünftausend Rigsdaler aus der Schatzkammer besorgen wird; sonst ist Sarti bankrott."

Sie waren nun in die Østergade zurückgekehrt und erreichten die Christen Bernikovstræde[lxv]. An einer Ecke gab es einen begehrten Weinkeller, dessen Wirt Capio hieß.

„Komm", sagte Londemann, „laß uns zu Capio hinunter-
gehen und miteinander eine Flasche leeren. Bacchus
wärmt das Herz und stärkt die Freundschaft."

„Es ist sehr voll", sagte Sander und schaute durch die er-
leuchteten Fenster hinunter, „und was für ein furchtbarer
Tabakqualm! Laß uns woanders hingehen."

„Gewiß nicht", erwiderte Londemann; „ich bin steif vor
Kälte, und Capios Wein ist ausgezeichnet; wir werden
schon einen Platz finden."

Sander ließ sich mitziehen, und sie setzten sich an einen
kleinen Tisch in einer Ecke, den einzigen, der noch frei
war. Von dort aus hatten sie einen guten Blick auf alles.
Die Gäste saßen an kleinen Tischen, aber in der Mitte des
Raumes stand eine lange Tafel, um die sich eine große
Gruppe versammelt hatte. Dort standen die meisten Kerzen, die in dem dichten Tabakqualm wirkten wie Leucht-
türme im Nebel, und es ertönten glühende, patriotische
Reden, denen die ganze Versammlung zuhörte und die
für die Zuhörer in dem politischen Sturm, in dem sie sich
befanden, sichere Häfen verhießen.

„Das ist unsere politische Versammlung", flüsterte Londemann Sander zu, als der Kellner ihnen eine Flasche
Rheinwein und zwei Gläser gebracht hatte. „Wahrscheinlich wird über Struensee geschimpft werden, aber
mach dir nichts draus. Hör nur einmal die Stimme des
Volkes!"

Die Männer an dem langen Tisch unterhielten sich zunächst untereinander, bis ein buckliger Mann mit Glatze und kleinen, funkelnden schwarzen Augen aufstand und an sein Glas klopfte.

„Wer ist das?" fragte Sander.

„Ein Schreiberling namens Mikkelsen", sagte Londemann, „ein Mann, der bisher wie ein Maulwurf durch die dunklen Gänge der Gesellschaft schlich, aber jetzt ist er an die Oberfläche gekommen. Jetzt sehen wir, was in ihm steckt; er ist ein Volkstribun erster Güte."

Als es still geworden war, hörte man die Stimme des Schreiberlings, scharf und durchdringend wie ein Messer, und seine Worte klangen wie Trompetenfanfaren.

„Liebe Mitbürger und Brüder", rief er, „es ist so, wie ich es euch schon einmal gesagt habe, aber man kann es nicht oft genug wiederholen. Unser geliebtes Vaterland ist nur noch eine Bühne für deutsche Narren. Zum Schaden der Landeskinder sitzen die Deutschen an der gedeckten Tafel, und wir bekommen nur die Brosamen, die sie uns hinwerfen, als wären wir Hunde. Sie dringen in jedes Büro und Geschäft ein, und wir stolpern in jedem Haus über sie. Sie singen den Königen Schlaflieder vor und reißen damit alle Macht an sich. Aber wir wollen uns nicht mit Füßen treten lassen, wir werden mit dem Reibeisen über die Sybariten hinwegfahren und ihnen nichts auf dem Leib lassen als die bloße Haut!"

Die kraftvolle Tirade wurde mit Beifall aufgenommen, denn Händeklatschen war zu dieser Zeit üblicher als Jubelrufe; selbst die Königsfamilie wurde im Theater mit Applaus begrüßt.

„Mikkelsen ist heute abend gut in Form", sagte ein Schlachter, der in der Nähe von Londemann und Sander saß. Er hatte reichlich getrunken und war schon ganz rot im Gesicht. Er wurde jedoch zum Schweigen gebracht, und Mikkelsen fuhr fort: „Die deutschen Windhunde sind bis zur Spitze des Landes aufgestiegen; ein schäbiger Gipser, der wie ein Fliegenpliz auf dem Weg des Königs hochgeschossen ist, hat dem König das Zepter entrissen. Ja, er hat noch Schlimmeres getan, was ich nicht erwähnen will. Wir sind an einen Sklaven der Begierde verkauft, einen zweiten Haman[lxvi]! Er wird gestürzt werden, aber nur, um wieder auf dieselbe Weise erhöht zu werden wie dieser freche Günstling des Königs Ahasverus."

„Und unsere Königin Esther wird sich kaum einmischen", rief ein sympathischer Bürger mit jovialer Miene.

„Dann probieren wir es doch mit der echten Esther, der hier in der Østergade", rief ein fröhlicher Student. Ohrenbetäubendes Gelächter folgte auf diesen Scherz, den jeder im Saal verstand. Der Spaßvogel sprach von der Mecklenburgerin jüdischer Herkunft, Monsieur Gabels Tochter Esther. Ihr Vater war Struensees Protegé und hatte die

Erlaubnis bekommen, im Schloßgarten von Rosenborg Lotterien und Glücksspiele zu veranstalten. Nun hatte er auch im Hof der Østergade, wo später die *Efterslægtsels-kabets Skole* ihren Sitz hatte, ein elegantes Etablissement eingerichtet, das einen zweifelhaften Ruf hatte, und man glaubte allgemein, Esther Gabel sei Struensees Mätresse.

„Das ist doch verrückt!" rief Sander. Er stand auf und wollte gehen, doch Londemann hielt ihn zurück und sagte: „Halt, *mon frère;* wir haben unsere Flasche noch nicht geleert, und da kommt Barbier Siedelmann. Jetzt kommt erst richtig Leben in die Bude!"

Sander setzte sich mit ungeduldiger Miene wieder hin und sah, wie der Barbier auf einen Stuhl sprang. Er war ein drahtiger kleiner Mann mit einem langen, blassen Gesicht, schwarzen strähnigen Haaren, blauen Augen und einer langen Nase, deren Spitze feuerrot war.

„Meine Herren", rief er mit seiner piepsigen Stimme, „hören Sie nun auch mich an, einen deutschen Mann, der aber doch ein Eingeborener ist!"

„Sprich Dänisch, sprich Dänisch!" wurde von mehreren Seiten gerufen.

„Nun", sagte der Barbier und zupfte sein Halstuch zurecht, „ich werde es versuchen, aber warum? Sie verstehen doch alle sehr gut Deutsch."

„Nieder mit dem deutschen Windbeutel!" brüllte der Fleischer.

„Nein", rief Londemann, „wir wollen Siedelmann hören! Er ist ein prächtiger Kerl und ein guter Patriot."

„Ah, Monsieur Londemann, sind Sie auch hier?" rief Siedelmann aus und warf ihm einen vorwurfsvollen Blick zu. „Ich fürchte, Sie wollen mich nur hören, um über mein Dänisch zu lachen."

„Raus mit der Sprache oder runter von dem Stuhl", zeterte der Student.

„Nun, es scheint", sagte Siedelmann in einer Mischung aus Dänisch und Deutsch, „als wollten Sie mich ermorden! Sie lassen unserem großen Minister keine Gerechtigkeit widerfahren. Er ist ein Ehrenmann und ein Genie. Als er ins Land kam, herrschte Chaos. Die Beamten wußten selbst nicht, woran sie waren, doch Struensee sorgte für Ordnung, und nun läuft die Regierungsmaschine wie geschmiert!"

„Vor allem hat er seine eigene Drehorgel geschmiert", rief eine Stimme.

„Wie edel von ihm", fuhr Siedelmann unbeirrt fort, „daß er uns die erwünschte *drikkfrihet*[lxvii] gegeben hat. Wie herrlich ist es doch für kultivierte Menschen, schreiben zu können und *drikke* zu lassen, was sie wollen, aber die *drikkfrihet* wird skandalös mißbraucht und …"

Weiter kam der tapfere Barbier nicht, das Gelächter ringsum übertönte ihn. Er fuchtelte mit den Armen und rief „Lassen Sie mich doch ausreden, meine Herren!", doch seine Stimme ging im Lärm unter, bis endlich der zornige Schlachter zu ihm ging und ihn vom Stuhl zerrte. Ein paar anwesende Landsleute ergriffen Partei für ihn, und alles deutete darauf hin, daß es eine Schlägerei geben würde, bei der kein Glas und kein Fenster des Gasthauses heilgeblieben wäre, doch Londemann bahnte sich einen Weg durch das Gedränge und befreite den unglücklichen

Barbier aus den Händen des Schlachters.

Londemann sprach beruhigende Worte und lobte das ehrenwerte Bürgertum. Der große Schauspieler war natürlich bekannt und beliebt, und so gelang es ihm, den armen Barbier vor Schaden zu bewahren. Siedelmann schlüpfte aus der Tür wie eine Maus aus der Falle, und Londemann folgte Sander, der schon auf der Straße stand.

„Wie abscheulich", sagte Sander, „ich finde die Rohheit der Leute abstoßend!"

„Ach, was für ein Sinneswandel", sagte Londemann, „ich meine bei dir! Früher hättest du diese Szene mit stoischer Gelassenheit beobachtet und dich köstlich amüsiert, sogar über eine kleine Schlägerei. Jetzt hast du Angst, dir die Hände schmutzig zu machen, wenn du mit dem Pöbel in Berührung kommst. Du stolzierst angewidert davon, ohne dich um das Schicksal deiner Mitbürger zu kümmern."

„Mitbürger!" rief Sander. „Ich bin kein Freund der Deutschenherrschaft, aber es ist eine Lüge, daß Struensee seine Landsleute protegiert und vorzieht – das Gegenteil ist der Fall! Bernstorff hat es in viel größerem Ausmaß getan. Allerdings ist es falsch und unklug von Struensee, daß er unsere Muttersprache geringschätzt. Das ist eigentlich das einzige, was ich ihm vorwerfe. Übrigens war ich schon draußen, bevor es zu Handgreiflichkeiten kam. Ich wollte gerade umkehren, um zu sehen, wo du bleibst, als du unversehrt herauskamst."

„Ja", antwortete Londemann, „es ist mir gelungen, Siedelmanns Haut zu retten. Ich bewundere seinen Mut – daß er es gewagt hat, vor dieser Versammlung rasender dänischer Patrioten aufzutreten und ihnen zu widersprechen! Es ist übrigens gar nicht so selten, daß Verrücktheit und persönlicher Mut Hand in Hand gehen. Klugheit und Feigheit sind viel öfter Geschwister. Aber was die anderen angeht, so hat es sich gezeigt, daß der Mensch doch etwas besser ist als das Tier, sie ließen sich ja zur Vernunft bringen. Aber jetzt, lieber Freund, hast du mit eigenen Augen gesehen, wie die Stimmung in der Bevölkerung ist. Es ist Gefahr im Verzug, das Ganze ist ein Pulverfaß – nur ein Funke, dann kommt es zur Explosion."

„Ach, Unsinn!" antwortete Sander. „Das bißchen Theater in einer Weinstube hat doch nichts zu bedeuten! Ein einziger Polizist hätte den Aufruhr gedämpft!"

„Vermutlich", sagte Londemann, „aber da der Kabinetts-minister in seiner unendlichen Weisheit nächtliche Zusammenkünfte erlaubt hat und der Polizei verboten hat, in Häuser einzudringen, was sollen die Ordnungs-hüter da schon ausrichten? Ich verstehe mich nicht auf Regierungskunst, aber weißt du was, *mon frère*; ein Des-pot muß die Zügel anziehen, wenn er nicht mitsamt der Kutsche umkippen will, das begreift doch jeder Dumm-kopf! Struensees Sorglosigkeit ist unfaßbar."

„Er ist nicht sorglos", sagte Sander. „Er hat ein stehendes Heer und könnte mit Leichtigkeit jeden Aufstand unter-drücken."

„Ja, er hat ein stehendes Heer", sagte Londemann, „das auch noch gut im Sattel sitzt, aber leider nur dort, wo es gar nicht gebraucht wird und nur dazu dient, der Welt zu verkünden, daß der Kabinettsminister Angst vor sei-nem Hemd hat. Wie sieht es aus, daß die Herrschaften, wenn sie ins Theater wollen, in ihren Kutschen mit ihren Pferden in vollem Galopp angefahren kommen, umge-ben von Dragonern mit gezückten Säbeln? Es sieht aus, als wäre der Feind im Land und ihnen auf den Fersen. Neulich sah ich eine solche Prozession vorbeieilen, so daß die Funken vom Kopfsteinpflaster flogen, und ich traute meinen Augen kaum. Wenn Struensee neben dem König in der Karosse sitzt, ist er doch wohl sicher."

Sie waren jetzt am Amagertorv, wo sich ihre Wege trennten. Sander wohnte am Strand, doch Londemann logierte in Gammelmønt. Sander stand mit verschränkten Armen da und starrte finster vor sich hin, als Londemann ihm auf die Schulter klopfte und sagte: „Habe ich dich wütend gemacht? Soll doch der Teufel die Politik holen!"

„Nein, lieber Freund", antwortete Sander, „aber du hast mir Sorge gemacht, denn ich fürchte, daß es stimmt, was du heute abend gesagt hast."

„Ja", rief Londemann, „das ist die Folge davon, daß du mit den Großen zu tun hast und den steilen Weg des Ehrgeizes eingeschlagen hast! Alle Freude ist flötengegangen, und du bist Atlas, der die ganze Welt auf den Schultern trägt! Vergiß Struensee! Du brütest zuviel über Akten, Sander, und fängst Grillen. Gönn dir doch mal einen schönen Abend! Was hältst du davon, morgen ins Theater zu gehen? Betrete einmal wieder das Heiligtum und frische alte Erinnerungen auf! Du hast natürlich noch nicht *Tronfølgen i Sidon*[lxviii] gesehen? Das Stück wird morgen aufgeführt, und dann gibt es noch ein Nachspiel, auch von Bredal. Es heißt *Den dramatiske Journal*, und darin zerreißt er den Herausgeber dieses Journals in der Luft – wegen der impertinenten Kritik vom letzten Monat."

„Ich weiß", sagte Sander. „Das wird sicher ein schreckliches Spektakel! Ich habe die langen Artikel in der Zeitung gelesen, worin die Frage gestellt wird, ob man im königlichen Theater pfeifen darf oder nicht. Ist das der Kunstgenuß, zu dem du mich einlädst? Das Stück ist bestimmt reiner Jux."

„Nein, das ist es nicht", sagte Londemann, „es ist sehr schön! Es ist jedenfalls nicht schlechter als die meisten seiner Art. Es ist doch verrückt, daß dieser Grünschnabel – ich meine den Herausgeber des Journals – es soll ein sehr junger Student sein – sich als Geschmacksrichter aufspielt und uns Schauspieler schulmeistert. Und er hat die süße Caroline Halle[lxix] tödlich beleidigt. Sie spielt die Rolle der Euphemia so schön und singt ihre Arien vollkommen, und dann schreibt dieser unverschämte Kerl, daß sie nie mehr sein würde als eine recht gute Pernille[lxx]. Du erinnerst dich sicher noch an sie, ja, damals war sie noch ein kleines Mädchen. Komm und sieh selbst, wie wunderbar sie sich entwickelt hat! Du stellst dich natürlich auf die Seite der Klatscher?"

„Da liegt der Hund begraben!"[lxxi] rief Sander. „Du wirbst Klatscher an! Nun, Londemann, ich spüre, daß das alte Komödiantenblut immer noch in meinen Adern fließt. Du riskierst, daß ich auf die Bühne springe und mitspiele!"

„Das wäre ein großer Triumph für den Dichter", sagte Londemann munter. „Es ist gut möglich, daß du Feuer und Flamme sein wirst. Der verliebte Agathokles wäre genau die richtige Rolle für dich! Stell dir vor, Euphemia wäre Charlotte Amalie Trolle, dann bist du hin und weg! Apropos, wie geht es deiner edlen bezaubernden Herzallerliebsten? Findet die Hochzeit bald statt?"

„Nein", antwortete Sander mit einem Seufzer, „ich fürchte, es ist noch lange hin."

„Nun", sagte Londemann, „mach dir keine Sorgen, der Oberst wird schon nachgeben! Also kommst du?"

„Ich denke ja", sagte Sander, und damit verabschiedeten sie sich.

Aber Londemann rief ihm noch nach: „Zieh dir ein Paar gute, feste Handschuhe an!"

Impressum
© Nadine Erler 2025
Titelbild: Wikimedia Commons
Verlag: BoD · Books on Demand GmbH, Überseering 33, 22297 Hamburg, bod@bod.de
Druck: Libri Plureos GmbH, Friedensallee 273, 22763 Hamburg
ISBN: 978-3-8192-9964-3

Anmerkungen

[i] Johann Friedrich Struensee (dän. Johan Frederik, 1737 – 1772) wurde im Alter von 20 Jahren Armenarzt in Altona.

[ii] Carl Otto Schack Rantzau-Ascheberg (1717 – 1789), holsteinischer Gutsbesitzer und dänischer Offizier und Reichsgraf.

[iii] Hans zu Rantzau auf Ascheberg (1693 – 1769).

[iv] Christian VII. (1749 – 1808), 1766 – 1808 König von Dänemark und Norwegen.

[v] Conrad Holck (1745 – 1800), dänischer Hofmarschall.

[vi] Adam Struensee (1708 – 1791), Struensees Vater, Theologieprofessor an der Universität Halle (Saale) und Generalsuperintendent von Schleswig-Holstein.

[vii] Maria Dorothea Struensee, geb. Carl.

[viii] Johann Hartwig Ernst Graf von Bernstorff (1712 – 1772), 1751 – 1770 dänischer Außenminister. Sein Großvater Andreas Gottlieb Freiherr von Bernstorff (1649 – 1726 in Gartow) war in die Königsmarck-Affäre verwickelt.

[ix] „Stiefeletten-Cathrine" (dän. „Støvlet-Cathrine": Anna Cathrine Benthagen (1745 – 1805), Prostituierte und Geliebte des dänischen Königs Christian VII. Uneheliche Tochter des Prinzen Georg Ludwig af Braunschweig-Bevern.

[x] Georg Nielsen (1710 – 1797), dänischer Hofbeamter und Freimaurer.

[xi] Christian Ditlev Reventlow (1710 – 1775).

[xii] Johanne Sophie Frederikke von Bothmer (1718–1754).

[xiii] Der gebürtige Leipziger Johann Gottfried Moerl ermordete gemeinsam mit dem Diener Johann Martin Stutz den Leutnant Johann Christian von Width.

[xiv] Caroline Mathilde (1751 – 1775), englische Prinzessin aus dem Haus Hannover und 1766 – 1772 als Frau Christians VII. Königin von Dänemark und Norwegen.

xv Élie-Salomon-François Reverdil (1732 – 1808), Schweizer Gelehrter. 1760 – 1767 Hofmeister Christians VII.

xvi Claude-Louis de Saint-Germain (1707 – 1778).

xvii Louise von Plessen, geb. von Berkentin (1725 – 1799), Oberhofmeisterin unter Christian VII.

xviii Wahrscheinlich die Frau des Offiziers Woldemar Hermann von Schmettau (1719 – 1785), Amalie de Croix de Frechapelle (1717 – 1796).

xix Enevold von Brandt (1738 – 1772), dänischer Graf und Höfling, der zusammen mit Johann Friedrich Struensee hingerichtet wurde.

xx Else Berregaard (1715 – 1793).

xxi Freiherr Georg Wilhelm von Söhlenthal (1698 – 1768).

xxii Kabinettssekretärs und Stadtrats Carl Brandt zu Teichhof (1696–1738).

xxiii Christian Johann Berger (1724 – 1789), Professor für Medizin, Chirurgie und Geburtshilfe.

xxiv Lied von Niels Thorup Bruun (1778 – 1823).

xxv Herluf Trolle (1716 – 1770), dänischer Offizier, verheiratet mit Anne von Gersdorff (1723 – 1761), deren Mutter aus der Familie Holck stammte.

xxvi Charlotte Amalie Trolle (1749 – 1814), heiratete 1781 Adam Gottlob Severin Henrik Kraft (keine Lebensdaten verfügbar).

xxvii Gert Londemann (1718 – 1773), dänischer Schauspieler, der vor allem in Stücken von Holberg auftrat.

xxviii Niels Hjersing Clementin (1721 – 1776), dänischer Schauspieler.

xxix Marcus Ulsøe Hortulan (1722 – 1783), dänischer Schauspieler.

xxx Ludvig Holberg (1684 – 1754 in Kopenhagen), dänisch-norwegischer Dichter.

xxxi *Jacob von Tyboe eller den stortalende Soldat*, Komödie (1723) von Ludvig Holberg. Deutscher Titel *Jacob von Tyboe oder Der großsprecherische Soldat.* Der Charakter *Stygotius* heißt im Original *Tychonius*, H. F. Ewald verwendet jedoch seltsamerweise den Namen aus der deutschen Übersetzung.

xxxii Hymenaios: Griechischer Gott der Hochzeit.

xxxiii Christian VI. (1699 – 1746), König von Dänemark und Norwegen.

xxxiv Caroline Mathildes erstes Kind war der spätere Frederik VI. (1768 – 1839), 1808 – 1839 König von Dänemark und Norwegen.

xxxv Charlotte Trolles Geschwister waren: Frederik Christian Trolle (1747 – 1787), Anne Pallene Trolle (1750 – 1750), Børge Trolle (1751 – 1782), Sophie Elisabeth Trolle (1754 – 1832), Sophie Caroline Louise Trolle (1755 – 1759), Iver Trolle (1757 – 1766), Margrethe Helene Trolle (1758 – 1808).

xxxvi Auszüge aus dem 4. und 5. Akt von Voltaires Tragödie *Zaïre* (1732). Zitiert nach der Übersetzung von Theodor Ruoff (1856).

xxxvii Frederik IV. (1671 – 1730), König von Dänemark und Norwegen.

xxxviii Frederik (1753 – 1805), Sohn des Königs Frederik V. von Dänemark und dessen zweiter Frau Juliane Marie.

xxxix Charlotte Amalie (1706 – 1782), Prinzessin von Dänemark und Norwegen. Leben

xl „Vorwärts!" steht auch im Original auf Deutsch.

xli Sophie Magdalene von Brandenburg-Kulmbach (1700 – 1770), als Frau Christians V. 1730 – 1746 Königin von Dänemark.

xlii Karl von Hessen-Kassel (1744 – 1836), verheiratet mit Christians Schwester Louise (1750 – 1831).

xliii Catharina Rantzau (1729–1791),

xliv Marie de Rabutin-Chantal, Marquise de Sévigné (1626 – 1696), berühmt für die Briefe an ihre Tochter.

225

[xlvxlv] Adam Gottlob von Moltke (1710 – 1792), dänischer Ober-hofmarschall am Hof in Kopenhagen.

[xlvi] Margrethe von der Lühe (geb. Holck, 1741 – 1826), Ober-hofmeisterin.

[xlvii] Augusta von Sachsen-Gotha-Altenburg (1719 – 1772), durch Heirat mit Friedrich Ludwig von Hannover Princess of Wales und Mutter des britischen Königs George III.

[xlviii] William Henry, 1. Duke of Gloucester and Edinburgh (1743 – 1805).

[xlix] Lovisa Augusta (dt. Louise Auguste, 1771 – 1843), wahrscheinlich Caroline Mathildes und Struensees gemeinsame Tochter. Sie wuchs gemeinsam mit ihrem Bruder Frederik als Tochter Christians VII. auf.

[l] Juliane Marie von Braunschweig-Wolfenbüttel-Bevern (1729 – 1796), 1752 – 1766 als zweite Ehefrau König Frederiks V. Königin von Dänemark.

[li] Frederik V. (1723 – 1766), 1746 – 1766 König von Dänemark und Norwegen.

[lii] Frederik IV. (1671 – 1730), 1699 – 1730 König von Dänemark und Norwegen.

[liii] Louise von Großbritannien (1724 – 1751), 1746 – 1751 als erste Ehefrau König Friedrichs V. Königin von Dänemark und Norwegen.

[liv] Berengaria (portugiesisch Berenguela, dänisch Bengierd, 1197 – 1221), portugiesische Infantin und durch ihre Heirat mit König Waldemar II. von 1214 bis 1221 Königin von Dänemark.

[lv] Nicolai Jacob Jessen (1718 – 1800).

[lvi] Ove Jørgensen Høegh-Guldberg (1731 – 1808), dänischer Theologe und Historiker. 1772 – 1784 führte er faktisch die Regierung in Dänemark.

[lvii] Marie Christine Jacobi (1738 – 1801).

[lviii] Magnus Bering Beringskjold (eigentlich Mogens Blach Ditlevsen Bering, 1721 – 1804).

lix Georg Ludwig von Köller, ab 1772 von Köller-Banner (1728 –
1811), dänischer General der Infanterie.
lx Carl August Struensee (1735 – 1804).
lxi Christian VII. und Caroline Mathilde waren Cousin und
Cousine ersten Grades.
lxii David Panning, ein Studienfreund von Struensee.
lxiii Giuseppe Sarti (1729 – 1802), italienischer Komponist, Kapellmeister und Musikpädagoge. Er war mehrere Jahre in
Dänemark tätig.
lxiv Christine Sophie von Gähler, geb. von Ahlefeldt (1745 –
1792), dänische Gräfin.
lxv Die heutige Kristen Bernikowsgade
lxvi Haman: Im Alten Testament (Buch Ester) Berater des
Perserkönigs Xerxes.
lxvii Siedelmann sagt *drikkfrihet (Trinkfreiheit)* statt *trykkfrihet
(Druckfreiheit)* und *drikke (trinken)* statt *trykke (drucken)*.
lxviii *Tronfølgen i Sidon*: Theaterstück des norwegischen Dichters
Niels Krog Bredal (1733 – 1778). Das Stück wurde von
Dänemarks erstem Theaterkritiker Peder Rosenstand-Goiske
(1752 – 1803) in der Zeitschrift *Den dramatiske Journal* verrissen.
Bredal schrieb darauf eine Komödie namens *Den dramatiske
Journal*, die im Anschluß an *Tronfølgen* am 25. November 1771
aufgeführt wurde.
lxix Caroline Frederikke Halle (verheiratete Müller, 1755 – 1826),
dänische Opernsängerin (Mezzosopran).
lxx Pernille bezieht sich wahrscheinlich auf die *Komödie Henrik
og Pernille* von Ludvig Holberg.
lxxi Dieser Satz steht auch im Original auf Deutsch.